镜迷宫

4

我把早熟的
紫罗兰
这样斥责

莎士比亚十四行诗的世界

包慧怡 著

华东师范大学出版社
·上海·

目录

镜子会告诉你，你的美貌在凋零，
日晷会告诉你，你的光阴在偷移；
空白的册页会负载你心灵的迹印，
你将从这本小册子受到教益。

镜子会忠实地显示出你的皱纹，
会一再提醒你记住开口的坟墓；
凭着日晷上潜移的阴影，你也能
知道时间在偷偷地走向亘古。

记忆中包含不了的任何事物，
你可以交给空页，你将看到
你的脑子所产生、养育的子女，
跟你的心灵会重新相识、结交。

这两位臣属，只要你时常垂顾，
会使你得益，使这本册子丰富。

商籁
第 77 首

———————

时辰书
元诗

Thy glass will show thee how thy beauties wear,
Thy dial how thy precious minutes waste;
These vacant leaves thy mind's imprint will bear,
And of this book, this learning mayst thou taste.

The wrinkles which thy glass will truly show
Of mouthed graves will give thee memory;
Thou by thy dial's shady stealth mayst know
Time's thievish progress to eternity.

Look! what thy memory cannot contain,
Commit to these waste blanks, and thou shalt find
Those children nursed, deliver'd from thy brain,
To take a new acquaintance of thy mind.

    These offices, so oft as thou wilt look,
    Shall profit thee and much enrich thy book.

在商籁第 77 首中，我们来到了整个 154 首十四行诗的中点（middle point）。与序号为 49、63、77、81、126、154 等 7 或 9 的整倍数的商籁一样，商籁第 77 首也是一首哀悼青春、死亡、爱情和美的重要商籁，这些商籁往往看似突兀地夹在一系列主题相同的内嵌组诗中间，比如此处就打断了从第 76 首延续至第 86 首的"对手诗人"组诗。

商籁第 77 首的结构宛若七宝楼台：围绕全诗的三个意象（镜子、日晷和书本）在三节四行诗中采取 1（镜子）+1（日晷）+2（书本）、2（镜子）+2（日晷）+4（书本）的写法，交叉递进。我们不妨把聚焦同一意象的诗行放在一起看，首先是"你的镜子"（thy glass），这个十四行诗系列中最核心的意象之一也曾在第 3、22、62、103、126 首商籁中出现过，是典型的"死亡预警"（*memento mori*）主题意象：

Thy glass will show thee how thy beauties wear,

…

镜子会告诉你，你的美貌在凋零，

……

The wrinkles which thy glass will truly show

Of mouthed graves will give thee memory

镜子会忠实地显示出你的皱纹，

会一再提醒你记住开口的坟墓

　　全诗第 1 行以及第 5、第 6 行中，诗人说镜子会照出俊美青年往昔的容颜，也会照出他未来的皱纹，以及让他想起昔日美人们"张开大嘴的坟墓"。这本来是典型的惜时诗式的训诫，出现在商籁第 77 首中，却与元诗的主题结合在一起。77 是 154 的中点，本诗是《沙士比亚十四行诗集》这本"书"的中点，其中出现的镜子也仿佛一条中轴线，向前向后映射出读诗人和写诗人过去与未来的命运。镜子的这种分割作用并非偶然，埃德蒙·斯宾塞（Edmund Spenser）在他出版于 1595 年的十四行诗系列《爱情小唱》（*Amoretti*）的中点，也就是 89 首诗中的第 45 首中也提到了镜子——"女士，请在你清澈无瑕的镜中 / 留下自己的倩影，供永久瞻望"（Leaue lady in your glasse of christall clene, /Your goodly selfe for euermore to vew）。

　　第二个意象同样是中世纪文艺复兴文学和绘画中常见的"死亡预警"物件：日晷。只不过本诗在第 2 行，以及第 7、第 8 行中更多强调了"你的日晷"对"偷偷逝入永恒的时间"的监管作用，一五一十地用晷针投下的影子记录下时间流逝的痕迹：

Thy dial how thy precious minutes waste;

…

日晷会告诉你，你的光阴在偷移；

……

Thou by thy dial's shady stealth mayst know
Time's thievish progress to eternity.
凭着日晷上潜移的阴影，你也能
知道时间在偷偷地走向亘古。

第三个意象，也是占据行数最多的意象（共 6 行，为前两个意象所占行数之和），才是本诗的核心奇喻——"这本书"（this book），及其"空白的书页"（vacant leaves）：

These vacant leaves thy mind's imprint will bear,
And of this book, this learning mayst thou taste.
空白的册页会负载你心灵的迹印，
你将从这本小册子受到教益。

……

Look! what thy memory cannot contain,

Commit to these waste blanks, and thou shalt find

Those children nursed, deliver'd from thy brain,

To take a new acquaintance of thy mind.

记忆中包含不了的任何事物，

你可以交给空页，你将看到

你的脑子所产生、养育的子女，

跟你的心灵会重新相识、结交。

我们可以看到，诗人在第三节四行诗中一反常态，不是说自己的诗歌要如何保存爱人的美，而是直接建议俊美青年亲自投身于书写，将"记忆容不下的"（what thy memory cannot contain）思想"付诸白纸"（commit to these waste blanks），并将即将被写入"这本书"的内容称作"你抚育的孩子，从你的头脑产出"。把作品比作孩子是莎氏此前常用来称呼自己的文本和自己的关系的比喻，而"这本书"一般被理解为诗人送给俊美青年的一个空白笔记本，或者就是这本十四行诗集本身，只不过其中附加了许多空白页，供受赠者用自己的思想填满。诗人在短短六行中两次提到"空白的书页"，作为书籍隐喻的一部分，"白页"的意象有其认知论上的两希起源。

在希腊-罗马古典传统中，它通常被称作"白板"（*tabula rasa*，直译"擦净之板"）。亚里士多德在《论灵魂》中写道，认识事物前的头脑"就像一块从未书写的记录板，空无一字"；希腊化时期的评注家将此句解为"理性如同未被书写的记录板"；在更晚时期的作家笔下，"记录板"的措辞又逐渐被"白板"取代。晚期罗马散文中亦出现过一种新的书籍比喻，字面意思是"白色之物"（*album*），起先用来指发布公告的白板，后来指包括元老院成员名单在内的官员名册；在《金驴记》的作者阿普列乌斯笔下，朱庇特召开万神大会前说，"神以白板征召缪斯"（*Dei conscripti Musarum albo*）；*album* 一词成了英语中"相簿、专辑"的词源，指向某种志在抵抗遗忘、待被填满的空白的载体。"空白之书"的意象在希伯来传统中同样重要，"书籍"甚至可以说是描绘"神圣历史"展开之进程的核心隐喻。《旧约·以赛亚书》载，"天被卷起，好像书卷"（34：4）；《出埃及记》载，"你要将这话写在书上作纪念"（17：14）；《约伯记》载，"惟愿我的语言现在写上，都记录在书上。用铁笔镌刻，用铅灌在磐石上，直存到永远"（19：23-24）；《新约·哥林多后书》载，"你们明显是基督的信，借着我们修成的；不是用墨写的，乃是用永生上帝的灵写的。不是写在石版上，乃是写在心版上"（3：3）；《启示录》载，"天就挪移，好像书卷被卷起来"（6：14）；不胜枚举。[1]

莎士比亚商籁第 77 首亦有一个宗教色彩浓重的结尾，

1 R. Ernst Curtius, *European Literature and the Latin Middle Ages*, pp. 310–12.

在对句中，诗人再次敦促俊美青年去"丰富书本"，先前的"这本书"（this book）变成了"你的书"（thy book），并且丰富书本的方式是反复温习"这些日课"（these offices，屠译"这两位臣属"）：

These offices, so oft as thou wilt look,

Shall profit thee and much enrich thy book.

这两位臣属，只要你时常垂顾，

会使你得益，使这本册子丰富。

office 的原意是"职责"，在字面意义上，俊友的"职责"包括前三节中提到的常照镜子、观察日晷、记录思想，这三项活动所通向的"认识你自己"可以抵御夺走美貌和生命的时间。但熟悉中世纪和文艺复兴书籍文化的读者会敏感地察觉到，office 在本诗语境中更直接的所指是"时辰书"（book of hours）——英国中世纪盛期到文艺复兴早期最华丽和常见的书籍种类之一（通常为泥金彩绘手抄本）。这种集年历、赞美诗、祈祷文于一体的，有时尺寸小到可以捧在手心的书籍，是提醒人们在一年和一天里的特定时间履行特定仪式、念诵特定祷文的重要媒介，这些仪式和祷文被统称为 offices（时辰礼仪）。在教会和修院的语境外，制作豪华精美的时辰书被看作一种高度个人化的宗教表达方式，在英国尤见于中世纪晚期的贵族家庭，回应了俗众／平信徒（laity）新近被唤醒的对更自主化的虔信生活的需求。

无论诗人赠给俊友的 book 是空白笔记本、含空白页的十四行诗集，还是带空白页的时辰书（这种赠予在现实中是否发生对我们并不重要），到了本诗的结尾，时辰书的意象都变得无比鲜明：不仅是作为一本督促"你"勤于自省，多多"理解自己"的私人仪式之书，也作为一本字面意思上的"时辰之书"。"日晷"是一种计时器，"镜子"则是时辰流逝的提醒之物，在本诗对"时辰之书"（book of hours）这个意象的改造中，"时辰"与"书本"的象征意义融为一体，以一种典型莎士比亚风格的精妙双关，将丰富的动态含义糅入时辰书这一古老的书籍形式中。

《黑斯廷时辰书》，根特或布鲁日，
约 1480 年

"等待被填满的书页"，《马内塞抄本》

我常常召唤了你来做我的缪斯，
得到了你对我诗作的美好帮助，
引得陌生笔都来学我的样子，
并且在你的保护下把诗作发布。

你的眼，教过哑巴高声地唱歌，
教过沉重的愚昧向高空直飞，
又给学者的翅膀增添了羽翮，
给温文尔雅加上了雍容华贵。

可你该为我的作品而大大骄傲，
那全是在你的感召下，由你而诞生：
别人的作品，你不过改进了笔调，
用你的美质美化了他们的才能；

　　你是我诗艺的全部，我的粗俗
　　和愚昧被你提到了饱学的高度。

So oft have I invoked thee for my Muse,

And found such fair assistance in my verse

As every alien pen hath got my use

And under thee their poesy disperse.

Thine eyes, that taught the dumb on high to sing

And heavy ignorance aloft to fly,

Have added feathers to the learned's wing

And given grace a double majesty.

Yet be most proud of that which I compile,

Whose influence is thine, and born of thee:

In others'works thou dost but mend the style,

And arts with thy sweet graces graced be;

But thou art all my art, and dost advance

As high as learning, my rude ignorance.

商籁第 78 首是"对手诗人"内嵌组诗中的第二首。此前，诗人已在商籁第 38 首中将俊美青年尊为"第十位缪斯"。本诗中，我们就来简单回顾一下从古希腊到文艺复兴英国的"召唤缪斯"的诗学传统（invocation of the Muses），并看看莎士比亚是如何在这一传统中推陈出新的。

作为希腊神话中最古老的神明之一，对缪斯女神的召唤的历史几乎和西方诗歌史一样长。在有文字传世的最古老的诗人之一赫西俄德那里，"召唤缪斯"就具有举足轻重的地位。赫西俄德在《工作与时日》开篇如此呼唤她们："皮埃里亚善唱赞歌的缪斯神女，请你们来这里，向你们的父神宙斯倾吐心曲，向你们的父神歌颂。"[1] 而同一位古希腊诗人在《神谱》开篇处，更是强调了《神谱》这部作品是缪斯当面口传心授给他的："让我们从赫利孔的缪斯开始歌唱吧，她们是这圣山的主人。她们轻步曼舞，或在碧蓝的泉水或围绕着克洛诺斯之子、全能宙斯的圣坛。她们在珀美索斯河、马泉或俄尔斯泉沐浴过娇柔的玉体后，在至高的赫利孔山上跳起优美可爱的舞蹈，舞步充满活力。她们夜间从这里出来，身披浓雾，用动听的歌声吟唱⋯⋯曾经有一天，当赫西俄德正在神圣的赫利孔山下放牧羊群时，缪斯教给他一支光荣的歌。也正是这些神女——神盾持有者宙斯之女、奥林波斯的缪斯，曾对我说出如下的话，我是听到这话的第一人⋯⋯"[2]

1 赫西俄德，《工作与时日·神谱》，第 1 页。
2 赫西俄德，《工作与时日·神谱》，第 26—27 页。

与赫西俄德写作年代相差无几的荷马自然也不会忘记在史诗开篇处召唤缪斯，《伊利亚特》的第一句即"歌唱吧女神，歌唱裴琉斯之子阿基琉斯招灾的愤怒……"[1]《奥德赛》的第一句则是"告诉我，缪斯，那位精明能干者的经历……"[2]

古罗马黄金时代诗人维吉尔同样在《埃涅阿斯纪》开篇召唤缪斯："我要说的是战争和一个人的故事……诗神啊，请你告诉我，是什么原故，是怎样伤了大后的神灵……"[3]比维吉尔晚出生五年的贺拉斯也在《颂歌集》中召唤缪斯女神（Carmina, I, 1），但被他直呼的是两位特定的、与诗歌密切相关的缪斯，即专司抒情诗的欧忒耳佩（Euterpe，象征物为长笛、奥卢思琴、桂冠等），以及专司颂歌的波丽姆尼娅（Polyhymnia，象征物为面纱或葡萄等）：

常春藤——渊博之士的奖品，能让我
跻身天上诸神的行列；凉爽的树林、
轻巧的仙女与萨梯能让我远离人群：
只要欧忒耳佩肯出借
她的长笛，只要波利姆尼娅肯校准
那莱斯波斯的竖琴。[4]

随着古典时期的结束，缪斯作

1 荷马，《伊利亚特》，第1页。

2 荷马，《奥德赛》，第1页。

3 维吉尔，《埃涅阿斯纪》，第1页。

4 恩斯特·R.库尔提乌斯，《欧洲文学与拉丁中世纪》，第304页。

为异教女神在早期基督教诗歌中的地位急遽下降，像尤文库斯（Juvencus）那样的基督教史诗诗人以召唤圣灵代替召唤缪斯，以约旦河水取代赫利孔山的神泉；普鲁登提乌斯（Prudentius）则恳求缪斯把她头上的常春藤花冠换成"神秘主义的桂冠"，好彰显上帝的荣耀。[1] 到了中世纪人文主义诗人那里，缪斯的地位逐渐恢复，在世俗主题的田园诗和宗教主题的圣餐歌中再次被频繁召唤，虽然常常是以诙谐的方式，其中就包括薄伽丘和彼特拉克。同样身为基督教诗人的但丁对待缪斯的态度要肃正得多，但丁并不顾虑其异教起源，在《神曲》之《地狱篇》《炼狱篇》《天堂篇》中多次将缪斯们称为"最圣洁的贞女"。其中或许以《地狱篇》第二歌开篇处的召唤最为著名：

> 啊，诗神缪斯啊！啊！崇高的才华！现在请来帮助我；
> 我的脑海啊！请写下我目睹的一切，
> 这样，大家将会看出你的高贵品德。（ll.7–9）[2]

到了文艺复兴时期的英国，诗人们更加无所顾虑地将缪斯崇拜与基督教童贞女崇拜杂糅起来。斯宾塞在《仙后》序言中召唤"名列九位之首的圣处女"（holy virgin chief of nine），在第三卷中召唤掌管历史书写的缪斯克利俄（Clio），在第六卷开篇处又"二度召唤缪斯"。莎士比亚仅在十四行

1 恩斯特·R. 库尔提乌斯，《欧洲文学与拉丁中世纪》，第 308 页。
2 但丁，《神曲·地狱篇》，第 11 页。

诗系列中就有十五次提到缪斯，但将自己的言行正式定义为"召唤缪斯"只有在商籁第 78 首中。我们从第一节就知道，他召唤的不是赫利孔山上九位跳舞的缪斯，而是他个人的缪斯，即俊美青年，"我的缪斯"——"我常常召唤了你来做我的缪斯，/ 得到了你对我诗作的美好帮助"（So oft have I invoked thee for my Muse, /And found such fair assistance in my verse）。

随后的六行呈现的却是一种悖论，"我"虽然称"你"为"我的缪斯"，可"你"实际上却并不独属于"我"。莫如说，"你"是为许多对手诗人所共享的缪斯，"每一支陌生的笔"都篡夺"我"的权利，而"你"尤其为那些"博学之士的翅膀"增添羽翼——这些"博学之士"很可能就包括解析第 76 首时提到的那些大学才子派诗人：

As every alien pen hath got my use

And under thee their poesy disperse.

引得陌生笔都来学我的样子，

并且在你的保护下把诗作发布。

Thine eyes, that taught the dumb on high to sing

And heavy ignorance aloft to fly,

Have added feathers to the learned's wing

And given grace a double majesty.

你的眼，教过哑巴高声地唱歌，

教过沉重的愚昧向高空直飞，

又给学者的翅膀增添了羽翮，

给温文尔雅加上了雍容华贵。

接下来的第 9 行起是全诗的转折段。诗人对青年说，作为缪斯，"你"最应骄傲的是"我"出于爱而写下的这些诗，"你"所能赋予的灵感和"影响"（influence 在此具有星相学意义上的双关，即"你"是照耀"我"创作的吉星），在"我"这里是决定性的，在其他诗人那里却不过是"为其风格缝缝补补"的锦上添花。接着他又在对句中自谦道，"我"的愚拙能够被"你"提升到"博学之巅"（As high as learning），言下之意是，那些已然博学的诗人能从"你"那里收获的灵感是有限的。只有在以爱书写的"我"这里，"你才是我全部的艺术"：

Yet be most proud of that which I compile,

Whose influence is thine, and born of thee:

In others' works thou dost but mend the style,

And arts with thy sweet graces graced be;

可你该为我的作品而大大骄傲，

那全是在你的感召下，由你而诞生：
别人的作品，你不过改进了笔调，
用你的美质美化了他们的才能；

But thou art all my art, and dost advance
As high as learning, my rude ignorance.
你是我诗艺的全部，我的粗俗
和愚昧被你提到了饱学的高度。

对句中出现的高山意象将我们再度带回古典神话中缪斯居住的赫利孔山，而诗人真正的祈愿（invocation）也终于明晰：请只做"我"一个人的缪斯，不要让"我的缪斯"这个称号虚有其名；请让"你"所具有的赐予灵感的能力从此只与"我"一人的艺术捆绑在一起吧。恰如古往今来不少诗人为特定的作品召唤专属于那部作品的缪斯，请让这部十四行诗集中的召唤者"我"和被召唤者"你"之间也这样专属于彼此，独一无二。

《赫西俄德与缪斯》，莫罗（Gustave Moreau），
1891 年

从前只有我一个人向你求助，
我的诗篇独得了你全部优美；
如今我清新的诗句已变得陈腐，
我的缪斯病倒了，让出了地位。

我承认，亲爱的，你这个可爱的主题
值得让更好的文笔来精雕细刻；
但你的诗人描写你怎样了不起，
那文句是他抢了你又还给你的。

他给你美德，而这个词儿是他从
你的品行上偷来的；他从你面颊上
拿到了美又还给你：他只能利用
你本来就有的东西来把你颂扬。

　　他给予你的，原是你给他的东西，
　　你就别为了他的话就对他表谢意。

Whilst I alone did call upon thy aid,
My verse alone had all thy gentle grace;
But now my gracious numbers are decay'd,
And my sick Muse doth give an other place.

I grant, sweet love, thy lovely argument
Deserves the travail of a worthier pen;
Yet what of thee thy poet doth invent
He robs thee of, and pays it thee again.

He lends thee virtue, and he stole that word
From thy behaviour; beauty doth he give,
And found it in thy cheek: he can afford
No praise to thee, but what in thee doth live.

　　Then thank him not for that which he doth say,
　　Since what he owes thee, thou thyself dost pay.

商籁第 79 首仍然是"对手诗人"内嵌诗系列中的一首，诗人在其中将自己似乎正在日益衰朽，甚至被别人比下去的诗歌才华，称作一位"病缪斯"。

赫西俄德《神谱》开篇，诗人声称自己的作品是缪斯们神授的，而她们对他说出的话从未对任何凡人说过："奥林波斯的缪斯，曾对我说出如下的话，我是听到这话的第一人：'荒野里的牧人，只知吃喝不知羞耻的家伙，我们知道如何把许多虚构的故事说得像真的，但是如果我们愿意，我们也知道如何述说真事。'"[1] 对于缪斯们亲口说自己时而"写实"时而"说谎"，诗人似乎并不感到困扰，仿佛"把虚构的故事说得像真的"一开始就是诗人天命的一部分，应当欣然接受。而且，拥有一个能够教人把一切亦真亦幻都写成栩栩如生的缪斯，恰恰是这位诗人有才华的明证。在莎士比亚商籁第 79 首中，我们会看到，诗人通篇坚持自己的对手——无论他是谁——写下的俊美青年的每一种美和善，只不过是对现实中这位青年的"写实"，并不像赫西俄德笔下的缪斯那样能够教人"把许多虚构的故事说得像真的"，间接地讽刺自己的对手不过是一介没有灵光附体的摹仿者，对俊美青年的美并无实际贡献，因此也不值得俊美青年铭记或感谢。

Whilst I alone did call upon thy aid,

1 赫西俄德，《工作与时日·神谱》，第 27 页。

My verse alone had all thy gentle grace;

But now my gracious numbers are decay'd,

And my sick Muse doth give an other place.

从前只有我一个人向你求助，

我的诗篇独得了你全部优美；

如今我清新的诗句已变得陈腐，

我的缪斯病倒了，让出了地位。

第一节中，诗人像商籁第 78 首中那样重述了自己有向"你"祈求帮助、把"你"当作缪斯来召唤的习惯：曾经"我"是"一个人"（alone）召唤"你"，"你"也只为我"一个人"（alone）的诗增添荣耀。但如今诗人的"诗艺"（numbers）既然朽坏，他的"病缪斯"（sick Muse）只好"转而眷顾他人"（doth give an another place）。用 numbers 来指代音节单位或行数，进而泛指"诗节""诗律"或"写诗的艺术"，这种用法我们在商籁第 17 首中就已见过——"如果我能够写出你明眸的流光，/ 用清新的诗章勾出你全部的仪容"（If I could write the beauty of your eyes/And in fresh numbers number all your graces）。

同样是在《神谱》中，赫西俄德描述了缪斯们是如何将诗歌的灵感带入他心中的，并且解释了"召唤缪斯"传统的来源——这是缪斯们自己的要求："伟大宙斯的能言善辩的女儿们说完这话，便从一棵粗壮的橄榄树上摘给我一根奇妙的树枝，并把一种神圣的声音吹进我的心扉，让我歌唱将来和过去的事情。她们吩咐我歌颂永生快乐的诸神的种族，但是总要在开头和收尾时歌唱她们——缪斯自己。"[1] 我们可以看到在缪斯叙事的源头，赫利孔山上的缪斯们就要求被鸣谢，要求诗人承认她们在诗歌创作过程中的贡献，那么凡间的缪斯有类似的被提名感谢的希求也就不足为奇了。仿佛预见了这种希求，商籁第 79 首的第二节中，诗人不仅默认俊美青年作为灵感之源的重要地位——他是这首诗的可爱的"主题"或"核心论点"（thy lovely argument），也是整个诗系列的缘起——还进一步"承认"（grant）自己的"笔头"配不上他的价值：

I grant, sweet love, thy lovely argument
Deserves the travail of a worthier pen;
Yet what of thee thy poet doth invent
He robs thee of, and pays it thee again.
我承认，亲爱的，你这个可爱的主题
值得让更好的文笔来精雕细刻；
但你的诗人描写你怎样了不起，
那文句是他抢了你又还给你的。

1　赫西俄德,《工作与时日·神谱》，第 27 页。

第 7—8 行中这位更优秀的"你的诗人",诗人提醒道,不过是对"你"实行了抢劫,再通过写诗赞颂的方式把原本就属于"你"的东西"再度偿还"。[1]第三节中延续了这种指控,对手诗人被进一步描写成一个小偷、一名放贷者,而他向"你"借出的东西本就为"你"所有:美德本就存在于"你"的行为中,正如美本身就存在于你的脸颊上,而"他"(he)能给予"你"的赞颂,不过就是对"你"原原本本的写实。

He lends thee virtue, and he stole that word

From thy behaviour; beauty doth he give,

And found it in thy cheek: he can afford

No praise to thee, but what in thee doth live.

他给你美德,而这个词儿是他从

你的品行上偷来的;他从你面颊上

拿到了美又还给你:他只能利用

你本来就有的东西来把你颂扬。

通过描述一系列在诗歌艺术原创性的法庭中理应被界定为非法的行为(robs, pays again, lends, stole),诗人真正的指控是,这位与之竞争的对手极其缺乏想象力,只能一五一十地依赖俊美青年自身提供的素材。对手诗人只能

1 仅从语法上来看,thy poet 在这里也可能是诗人的自称;但结合本诗中诗人与"对手诗人"竞争的语境,"你的诗人"指"你的另一位诗人"的可能性显然更大。

从他的主题那里索取和偷窃，却无法带去任何新的东西，无法为作为诗歌主题的俊友增色半分。在最后的对句中，对手诗人和俊美青年之间不正常的欠债和偿还关系再次被强调：“你”不得不为本身就是“他”欠“你”的东西买单，这种不合法的再度支付或再度偿还，就是“你”放弃“我”这位真心的仰慕者之后，在另一位诗人那里得到的不公待遇。

Then thank him not for that which he doth say,
Since what he owes thee, thou thyself dost pay.
他给予你的，原是你给他的东西，
你就别为了他的话就对他表谢意。

《缪斯克莉俄、欧忒耳佩和塔丽雅》，勒苏厄
（Eustache Le Sueur），17世纪中期

我多么沮丧啊! 因为在写你的时候
我知道有高手在利用你的声望，
知道他为了要使我不能再开口，
就使出浑身解数来把你颂扬。

但是，你的德行海一样广大，
不论木筏或锦帆，你一律承担，
我是只莽撞的小舟，远远不如他，
也在你广阔的海上顽强地出现。

你浅浅一帮就能够使我浮泛，
而他正航行在你那无底的洪波上；
或者我倾覆了，是无足轻重的舢舨，
而他是雄伟的巨舰，富丽堂皇：

　　那么，假如他得意了，而我被一丢，
　　最坏的就是——我的爱正使我衰朽。

船难
博物诗

O! how I faint when I of you do write,

Knowing a better spirit doth use your name,

And in the praise thereof spends all his might,

To make me tongue-tied speaking of your fame!

But since your worth–wide as the ocean is, –

The humble as the proudest sail doth bear,

My saucy bark, inferior far to his,

On your broad main doth wilfully appear.

Your shallowest help will hold me up afloat,

Whilst he upon your soundless deep doth ride;

Or, being wrack'd, I am a worthless boat,

He of tall building, and of goodly pride:

    Then if he thrive and I be cast away,

    The worst was this, –my love was my decay.

商籁第 80 首第一节可谓将"影响的焦虑"能给创作者带来的负面心理影响描述得惟妙惟肖。诗人说，当他心知肚明，自己在写诗赞颂俊美青年时，有一位"更好的精灵"（better spirit）正在竭尽全力做着同样的事，与自己同时航行在俊友所提供的浩渺的灵感之海上。这个念头令他几乎要昏厥（faint），并且张口结舌，连本来拥有的实力都无法全部发挥出来：

O! how I faint when I of you do write,

Knowing a better spirit doth use your name,

And in the praise thereof spends all his might,

To make me tongue-tied speaking of your fame!

我多么沮丧啊！因为在写你的时候

我知道有高手在利用你的声望，

知道他为了要使我不能再开口，

就使出浑身解数来把你颂扬。

　　当然，诗人会如此紧张，不完全是因为知道那位被冠以"精灵"（spirit，屡译"高手"）之名的对手实力在自己之上，而是因为自己和俊友的关系并不是简单的作者和主题的关系。"我"同时用生命爱着这位俊友，就如皮格马利翁爱着自己亲自雕刻的肖像，是这份爱使得诗人在纯粹诗艺的竞争压力之外还多了情感的压力。第二、第三节四行诗用了一连串航海的比喻，来刻画这种双重的心理压力。伊丽莎白执政时期是英国作为航海强国逐渐登上历史舞台的时期，无论是对西班牙无敌舰队的大获全胜，还是女王派出并嘉奖的一系列航海发现和殖民活动，都让彼时的英国人越来越实际地意识到自己作为一个四面被海包围的岛国的子民，如何面临着和海洋同样浩瀚的机遇和风险。在莎士比亚的戏剧作品中，大海主要还是作为一个危险而冷酷无情的地方，作为无法被驯服的自然伟力的象征出现的。比如《哈姆雷特》第一幕第四场中，霍拉旭向哈姆雷特描述了随时能吞噬人的海洋的恐怖：

What if it tempt you toward the flood, my lord,

Or to the dreadful summit of the cliff

That beetles o'er his base into the sea,

And there assume some other horrible form,

Which might deprive your sovereignty of reason

And draw you into madness? think of it:

The very place puts toys of desperation,

Without more motive, into every brain

That looks so many fathoms to the sea

And hears it roar beneath. (ll.69–77)

殿下，要是它把您诱到潮水里去，或者把您领到下临大海的峻峭的悬崖之巅，在那边它现出了狰狞的面貌，吓得您丧失理智，变成疯狂，那可怎么好呢? 您想，无论什么人一到了那样的地方，望着下面千仞的峭壁，听见海水奔腾的怒吼，即使没有别的原因，也会怪念迭起。

传奇剧《暴风雨》第一幕第二场中，普洛斯彼罗 (Prospero) 的女儿米兰达 (Miranda) 为一场暴风雨中遭遇船难的乘客向父亲求情，栩栩如生地描绘了风浪的恐怖: "亲爱的父亲，假如你曾经用你的法术使狂暴的海水兴起这场风浪，请你使它们平息了吧! 天空似乎要倒下发臭的沥青来，但海水腾涌到天的脸上，把火焰浇熄了。唉! 我瞧着那些受难的人们，我也和他们同样受难: 这样一只壮丽的船，里面一定载着好些尊贵的人，一下子便撞得粉碎! 啊，那呼号的声音一直打进我的心坎。可怜的人们，他们死了! 要是我是一个有权力的神，我一定要叫海沉进地中，不让它把这只好船和它所载着的人们一起这样吞没了。"

但在商籁第 80 首中，海洋是作为俊友的无穷美德的象征出现的，海洋就如同俊友激发诗人写作的能力一样无边无际。作为诗歌灵感的源泉，俊友就是一片广袤浩瀚的大海，无论是天赋异禀的对手还是 (在诗人的自谦中) 才华有限的"我"自己，都可以驾着诗才的船在"你"广阔的海面航行。差别不过是，对手诗人是一艘扬起高傲风帆的大船，"我"只是一叶"莽撞的小舟"：

> But since your worth–wide as the ocean is, –
> The humble as the proudest sail doth bear,
> My saucy bark, inferior far to his,
> On your broad main doth wilfully appear.
>
> 但是，你的德行海一样广大，
> 不论木筏或锦帆，你一律承担，
> 我是只莽撞的小舟，远远不如他，
> 也在你广阔的海上顽强地出现。

诗人接着论证，由于"我"这条小舟吃水浅，"你"只要稍稍助力就能让"我"航行，而"他"满载才华的大船则需要航行在"你"更深的海域，甚至是"无法测量的深海"（soundless deep）。soundless 一词在这里意为 unable to be sounded，作动词的 sound 指早先海员放下铅锤测量海深的做法，soundless 因此指海深到难以探底，同时也含有"无声"的双关。这里诗人的态度比较暧昧，虽然对手能远航去"你"的深海，但只需要一点点水就能自己开航（写诗）的"我"，是否反而是更被缪斯祝福，或至少是更得益于爱情之灵感的那一个呢?

Your shallowest help will hold me up afloat,

Whilst he upon your soundless deep doth ride;

Or, being wrack'd, I am a worthless boat,

He of tall building, and of goodly pride

你浅浅一帮就能够使我浮泛,

而他正航行在你那无底的洪波上;

或者我倾覆了,是无足轻重的舢舨,

而他是雄伟的巨舰,富丽堂皇

　　第三节后半部分引入了船难的意象,这无疑也是伊丽莎白时期英国水手日常现实的一部分。《暴风雨》第一幕第二场中,精灵爱丽尔(Ariel)向主人普洛斯彼罗描述了自己是如何运用法力兴起暴风雨,使得海面上电闪雷鸣、翻起惊涛骇浪,进而造成了那场对全剧至关重要的海难的:"我跃登了国王的船上;我变作一团滚滚的火球,一会儿在船头上,一会儿在船腰上,一会儿在甲板上,一会儿在每一间船舱中,我煽起了恐慌。有时我分身在各处烧起火来,中桅上,帆桁上,斜桅上——都同时燃烧起来;然后我再把一团团火焰合拢来,即使是天神的闪电,那可怕的震雷的先驱者,也没有这样迅速而炫人眼目;硫磺的火光和轰炸声似乎在围攻那威风凛凛的海神，使他的怒涛不禁颤抖，使他手里可怕的三叉戟不禁摇晃。……除了水手们之外，所有的人都逃出火光融融的船而跳入泡沫腾涌的海水中。王子腓迪南头发像海草似的乱成一团，第一个跳入水中；他高呼着，'地狱开了门，所有的魔鬼都出来了！'"

不过商籁第80首中的海难没有《暴风雨》中《启示录》般可怖的末日叙事，诗人只是以略带辛酸的声调，预言了若是发生海难，他和对手诗人可能会遭遇的截然不同的命运。吃水浅的小舟当然更容易倾覆，体量大的帆船则更可能幸存，故而有对句中的哀叹：

Then if he thrive and I be cast away,

The worst was this, –my love was my decay.

那么，假如他得意了，而我被一丢，

最坏的就是——我的爱正使我衰朽。

在最后一行中，诗人点出，最可悲叹的还不是自己翻船，"被抛弃"，而是如下的事实：造成"我"毁灭的是"我"的爱情。他是否在暗示：如若不是被爱情催动，他这样才华有限的小舟本不会出海，也就不会倾覆？或是在回应第一节中的影响的焦虑，正因为深爱，因为太过在意，导致他在书写爱人时无法发挥出全部实力，导致了创作上的

"船难"？莎士比亚对航海意象的灵活运用为各种丰富的理解提供了可能性之海面，在这个意义上，是他，而不是俊友，才是一片最浩瀚无垠的大海。

《米兰达》(米兰达为传奇剧《暴风雨》女主角),
约翰·威廉·沃特豪斯

不是我活着来写下你的墓志铭，
就是你活着，而我已在地里腐烂；
虽然人们会把我忘记干净，
死神可拿不走别人对你的怀念。

你的名字从此将得到永生，
而我呢，一旦死了，就永别人间：
大地只能够给我个普通的坟茔，
你躺的坟墓却是人类的肉眼。

你的纪念碑将是我温雅的诗辞，
未来的眼睛将熟读这些诗句，
未来的舌头将传诵你的身世，
哪怕现在的活人都已经死去；

　　我的千钧笔能使你万寿无疆，
　　活在口头——活人透气的地方。

Or I shall live your epitaph to make,

Or you survive when I in earth am rotten;

From hence your memory death cannot take,

Although in me each part will be forgotten.

Your name from hence immortal life shall have,

Though I, once gone, to all the world must die:

The earth can yield me but a common grave,

When you entombed in men's eyes shall lie.

Your monument shall be my gentle verse,

Which eyes not yet created shall o'er-read;

And tongues to be, your being shall rehearse,

When all the breathers of this world are dead;

    You still shall live, –such virtue hath my pen, –

    Where breath most breathes, even in the mouths of men.

商籁第 81 首是第 80 首的双联诗，主旨却和第 71—74 首那组关于死亡的内嵌组诗相似。与那四首侧重点截然相反的商籁（两首侧重遗忘，两首侧重铭记）一样，本诗是诗人对自己死后自己作品命运的沉思；与那四首内嵌诗不同的是，这一次，死亡的阴影同时笼罩着诗人和俊友两人。

商籁第 80 首以不详的海难意象收尾，诗人虽然谈论的是灵感的海洋和创作力的小舟，但倾覆船只的意象依然很容易让我们想到诗人自己生命的终结："那么，假如他得意了，而我被一丢，/ 最坏的就是——我的爱正使我衰朽。"于是紧接其后的第 81 首以"死亡"开始也就十分自然了。这一回，诗人谈论的是真正的、肉身的死亡，并且他的思虑对象从自己一个人的死——诗人的去世在此前的商籁中都被预言为会发生在俊友的去世之前——延伸到了俊友的死。如果俊友不幸先于自己亡逝，诗人说，他将活下来为他写下墓志，这第一行中的"活下来……写作"（live ... to make）也可以理解为一个目的性的结构——"我"会活下来，但只是"为了替你写下墓志"：

Or I shall live your epitaph to make,

Or you survive when I in earth am rotten;

From hence your memory death cannot take,

Although in me each part will be forgotten.

不是我活着来写下你的墓志铭，

就是你活着，而我已在地里腐烂；

虽然人们会把我忘记干净，

死神可拿不走别人对你的怀念。

如果自己先于俊友死去，就算"在地下腐烂"，诗人断言，"死神都不能从那里剥夺"他对俊友的记忆。但俊友的情况就不一样了，诗人没有自信断言俊友同样会为他写墓志，甚至认为俊友会"忘了我的每一部分"。这里关于自己死后被爱人遗忘的表述与第71、72首中诗人主动请求被遗忘的情况不同。在这里，"忘了我"不是一个需要被论证然后劝说俊友去执行的动作，而是以直白的将来时陈述的、似乎未来必然会发生的事实（第4行中的 will be forgotten）。这种关于自己"必然将被遗忘"的预言，与第二节中关于俊友"必然将被铭记"的预言一样，陈述得斩钉截铁，只不过这一次，铭记俊友的不是诗人，而是两人都死去后千秋万代的诗歌读者：

Your name from hence immortal life shall have,

Though I, once gone, to all the world must die:

The earth can yield me but a common grave,

When you entombed in men's eyes shall lie.

你的名字从此将得到永生，

而我呢，一旦死了，就永别人间：

大地只能够给我个普通的坟茔，

你躺的坟墓却是人类的肉眼。

"你的名字……必将永生"（your name … immortal life shall have），并且"你必将永远埋葬在后人的眼睛里"（you entombed in men's eyes shall lie）——两个不容置疑的 shall（必将）对自己与俊友死后截然不同的命运作出了预言："我"的肉身一旦消亡，"对所有的世代而言"就算永远逝去了。如果我们只读到这里，或许会为诗人这种卑微的爱情自白感慨，就像在商籁第 71—72 首中那样。但接着读第三节，我们就会发现这不是全部的真相。即使仅在修辞的层面上，诗人的预言只在表面上关乎俊友死后的名声：真正将永垂不朽的是"我"的诗，"你"的永生也只能通过被写入"我的诗篇"来完成。在商籁第 31 首中成为核心比喻的墓穴意象在本诗中再度出现：所有阅读这些诗篇的未来的眼睛都是"你"的墓穴（entombed），而"我温柔的诗行"将成为"你的纪念碑"。

Your monument shall be my gentle verse,

Which eyes not yet created shall o'er-read;

And tongues to be, your being shall rehearse,

When all the breathers of this world are dead

你的纪念碑将是我温雅的诗辞，

未来的眼睛将熟读这些诗句，

未来的舌头将传诵你的身世，

哪怕现在的活人都已经死去

尚未出生者的眼睛都将阅读这些诗，恰如尚未出生者的舌头都将默念这些诗中的"你的存在"（your being），直到所有的呼吸者都停止呼吸，直到这个世界的末日为止。对句不过是对第三节后两行的递进重复，依然是通过先知语调的 shall。然而在对句中，诗人以创作者的阳刚的自信撕去了情诗的温情面纱，坦率地声称："你"的确会获得永生，但这一切不朽都来自"我的笔"（my pen），来自"我的笔"具有的特殊"能力"（virtue 一词来自拉丁文 *vir*，男人，原意指能力，"美德"是出现较晚的释义）。

You still shall live, –such virtue hath my pen, –

Where breath most breathes, even in the mouths of
　　men.

我的千钧笔能使你万寿无疆，

活在口头——活人透气的地方。

当然，商籁第 81 首沉重肃穆的基调并不因结尾处诗人对自己手艺的自信表达而改变，毕竟，本诗是一首设想恋爱中的双方都死去后的情境的"身后诗"（postmortem poem）。这不能不让我们想到一首出版于 1601 年（早于十四行诗系列出版 8 年）的处理死亡主题的寓言诗。该诗出版时无标题，但被出版商归到莎士比亚名下，却被塞入另一位名叫罗伯特·切斯特（Robert Chester）的诗人的诗集《爱的殉道者：或罗莎琳的怨歌》（*Loves Martyr: or Rosalins Complaint*）中，作为该诗集的附录《诗的尝试》（*Poeticall Essaies*）的一部分出版。今天的学者通常认为这首神秘的寓言诗的确出自莎士比亚之手，称之为"最早被出版的玄学诗杰作"，并给它加了《凤凰与斑鸠》（*The Phoenix and the Turtle*）这一标题：

The Phoenix and the Turtle

…

Here the anthem doth commence:

Love and constancy is dead;

Phoenix and the Turtle fled

In a mutual flame from hence.

So they lov'd, as love in twain

Had the essence but in one;
Two distincts, division none:
Number there in love was slain.

Hearts remote, yet not asunder;
Distance and no space was seen
'Twixt this Turtle and his queen:
But in them it were a wonder.

So between them love did shine
That the Turtle saw his right
Flaming in the Phoenix' sight:
Either was the other's mine.

Property was thus appalled
That the self was not the same;
Single nature's double name
Neither two nor one was called.

Reason, in itself confounded,
Saw division grow together,
To themselves yet either neither,
Simple were so well compounded (ll.21–44)

凤凰与斑鸠（节选）

……

接着他们唱出送丧的哀辞，
爱情和忠贞已经死亡；
凤和鸠化作一团火光
一同飞升，离开了尘世。

它们是那样彼此相爱，
仿佛两者已合为一体；
分明是二，却又浑然为一：
是一是二，谁也难猜。

两颗心分开，却又在一起；
斑鸠虽和它的皇后分开，
它们之间却并无距离存在：
这情景只能说是奇迹。

爱情在它俩之间如电光闪灼，
斑鸠借着凤凰的眼睛，
就能清楚地看见自身：
彼此都认为对方是我。

物性仿佛已失去规矩，

本身竟可以并非本身，

形体相合又各自有名，

两者既分为二又合为一。

理智本身也无能为力，

它明明看到合一的分离，

全不知谁是自己，

这单一体原又是复合体。

（朱生豪 译）

　　《凤凰与斑鸠》哀悼理想爱情的死亡，但始终强调死亡中的合二为一。也只有通过死亡和火焰的净化，生前无法结合的二人——诗中化身为雄性的斑鸠和雌性的凤凰——才真正成为你中有我、我中有你，甚至重新定义了物性（property），更新了自我与他者、"一个"与"一对"的内涵。或许这种死亡中的结合，分离中的合一，消逝中的永恒，也是在一个理想的世界中诗人希望能借助爱与诗，与自己的爱人构成的关系。商籁第81首通篇处理死后的事，诗人似乎暂时忘记了对手诗人带来的压力，本诗因而是对手诗人序列诗中继第77首之后的第二个中断点，该序列将在第82首中继续。

《阿伯丁动物寓言集》中的凤凰，12世纪英国

我承认你没有跟我的缪斯结亲，
所以作家们把你当美好主题
写出来奉献给你的每一卷诗文，
你可以加恩查阅而无所顾忌。

你才学优秀，正如你容貌俊秀，
却发觉我把你称赞得低于实际；
于是你就不得不重新去寻求
进步的时尚刻下的新鲜印记。

可以的，爱；不过他们尽管用
修辞学技巧来经营浮夸的笔法，
你朋友却爱说真话，他在真话中
真实地反映了你的真美实价；

　　他们浓艳的脂粉还是去化妆
　　贫血的脸吧，不要滥用在你身上。

I grant thou wert not married to my Muse,

And therefore mayst without attaint o'erlook

The dedicated words which writers use

Of their fair subject, blessing every book.

Thou art as fair in knowledge as in hue,

Finding thy worth a limit past my praise;

And therefore art enforced to seek anew

Some fresher stamp of the time-bettering days.

And do so, love; yet when they have devis'd,

What strained touches rhetoric can lend,

Thou truly fair, wert truly sympathiz'd

In true plain words, by thy true-telling friend;

    And their gross painting might be better us'd

    Where cheeks need blood; in thee it is abus'd.

作为"对手诗人"内嵌诗系列中的第五首，本诗的立意较为直白。威胁到"我"对"你"的权利的"对手诗人"在此以复数而非单数形式出现（writers，their fair subject，every book，they have devis'd，their gross painting）。更糟的是，"你"本人也甘愿与这些对手诗人同谋，甘愿去做"他们的主题"，因为"自知你的价值胜过我的赞颂"（Finding thy worth a limit past my praise）。对于已经自认苦心经营，将最好的艺术献给了俊友的诗人而言，嫉妒是此种情况下自然的情感。这种嫉妒混合着同行竞争的压力，最早在商籁第 21 首《缪斯元诗》第一节中就已出现过：

So is it not with me as with that Muse,

Stirr'd by a painted beauty to his verse,

Who heaven itself for ornament doth use

And every fair with his fair doth rehearse (ll.1–4)

我跟那位诗人可完全不同，

他一见脂粉美人就要歌吟；

说这美人的装饰品竟是苍穹，

铺陈种种美来描绘他的美人

如我们所见，诗人早在整个诗系列中的第一首"缪斯诗"中就声明"我的缪斯不像那一位缪斯"——那一位

"对手缪斯"即对手诗人，他的工于藻饰和矫揉夸张是商籁第21首的批评对象。在那首诗的结尾，对手缪斯的数量实际已经变成了复数，"人们尽可以把那类空话说个够；/我这又不是叫卖，何必夸海口"（Let them say more that like of hearsay well; /I will not praise that purpose not to sell, ll.13–14）。到了商籁第82首中，读者一开始就知道"你"是一众对手诗人们歌颂的主题，以至于"对你的赞美，为每本书带去福佑"：

I grant thou wert not married to my Muse,

And therefore mayst without attaint o'erlook

The dedicated words which writers use

Of their fair subject, blessing every book.

我承认你没有跟我的缪斯结亲，

所以作家们把你当美好主题

写出来奉献给你的每一卷诗文，

你可以加恩查阅而无所顾忌。

本诗的重点在于，"我"无法因为（在之前的商籁中曾与"我"交换过爱的誓言的）"你"去装点别人的诗集而责备"你"，因为"你"一开始就"不曾与我的缪斯成婚"。库尔提乌斯写道，"缪斯女神不仅属于诗歌，而且属于一切更高级的精神生活形式",他随即引用了西塞罗,"与缪斯生活,就是有教养有学问地生活"(*cum Musis, id est, cum humanitate et doctrina*)。[1]本诗中的俊美青年既然不曾与诗人的缪斯喜结连理,实际上也就是不曾真正全面地参与诗人的精神生活,不曾与诗人的心灵紧密结合。

从古典时期到中世纪,诗人们常常在缪斯女神的名字前加上第一人称属格或所有格。这与其说是为了彰显对缪斯的占有权,莫如说是一种修辞惯例,强调的是每位诗人有自己的缪斯作为独属的灵感源泉。甚至同一位诗人笔下的每本书都有自己独属的缪斯,这就使得缪斯女神越来越频繁地作为一部作品、一本书的守护者出现。例如,罗马赫库兰尼姆(Herculaneum)古城的赫尔密斯方形石柱上留下了以下铭文,提到一座可能位于悬铃木中并装饰着缪斯雕像的图书馆,缪斯女神在铭文中说:

> 快说这片树林是献给我们的缪斯女神的,
> 快指着悬铃木林旁的那些书籍。
> 我们在此守护它们,但允许真正敬爱
> 我们的人靠近:我们将给她戴上常春藤桂冠。[2]

有时,诗人会在缪斯的名号前加上地点,特指某一位来自该地方的前辈诗人对自己眼下这部作品的影响。比如

1 恩斯特·R. 库尔提乌斯,《欧洲文学与拉丁中世纪》,第 299 页。
2 恩斯特·R. 库尔提乌斯,《欧洲文学与拉丁中世纪》,第 414 页。

维吉尔《牧歌》第四章开篇:"西西里的缪斯,让我们唱一首略显庄重的歌曲! 并非人人都眷爱园圃和低矮的怪柳,要歌唱丛林,也应该符合'执政'的名分。"[1] 这里"西西里的缪斯"是一位凡人,即通常被认为田园诗的开山诗人、来自西西里的叙拉古的忒奥克里图斯;维吉尔此处的缪斯召唤是对自己所师承的文学传统的雅致的声明。

晚期希腊诗人贾大拉的墨勒阿革洛斯(Meleager of Gadara)在收录了自己和其他诗人的作品的《诗歌选集》(*Garland*)中,将"各位诗人的作品"比作"这些花朵",而将最终成形的诗集比作一个不朽的"缪斯花环"(如这本诗集的希腊文标题字面意思所暗示的那样):

> 我,书标——书页的忠诚卫士宣布,
> 本书到此为止,
> 我生命,墨勒阿革洛斯在一部作品中,
> 收录了他搜集的各位诗人的作品;
> 他用这些花朵,为狄奥克里斯编织了
> 这个将永世长存的缪斯花环。
> 而我,此刻就像蛇一样,
> 盘曲在这部悦人之作的结尾处。[2]

在莎士比亚的商籁第 82 首中,

1 维吉尔,《牧歌》,第 71 页。
2 恩斯特·R. 库尔提乌斯,《欧洲文学与拉丁中世纪》,第 415 页。为契合"花环-诗集"意象,我们将中译原文第 6 行中的"编制"改作了"编织"。

缪斯的形象更紧密地与作品－书－诗集联系在一起。"你"没有和"我的缪斯"联姻（married），实际上也没有和任何别的缪斯结成婚姻。基督教语境下一夫一妻制的婚姻不适用于描述"你"和任何缪斯的关系，因为"你"奉行的乃是多妻制，"你"娶了众多对手诗人的缪斯。而这众多对手对"你"的赞美"为每本书带去福佑"（blessing every book），没有比这更严重却又表达得委婉的指控了。即使如此，诗人还要强调你的"真"，甚至在第三节中连说四次（truly, truly, true, true-telling），由于 true 一词在中古英语和早期现代英语中的一个重要义项就是"忠诚，忠贞，诚实"，这一节可谓处于"无力的辩护"和"苦涩的自嘲"之间了：

And do so, love; yet when they have devis'd,
What strained touches rhetoric can lend,
Thou truly fair, wert truly sympathiz'd
In true plain words, by thy true-telling friend
可以的，爱；不过他们尽管用
修辞学技巧来经营浮夸的笔法，
你朋友却爱说真话，他在真话中
真实地反映了你的真美实价

诗人终究还是不能够直接去控诉自己的爱人，全诗的矛头到底还是对准了那些对手诗人。"你"或许错在多情，"他们"却错在把一个至真至美的主题写糟了：涂脂抹粉，夸张矫饰，也就是在商籁第 21 首中就已被批评过的那些过犹不及的技巧。商籁第 82 首的对句再次强调，对于不美之人，这些诗人的粉饰可能管用，对于美的化身"你"，"他们"的技艺只能是画蛇添足：

And their gross painting might be better us'd
Where cheeks need blood; in thee it is abus'd.
他们浓艳的脂粉还是去化妆
贫血的脸吧，不要滥用在你身上。

维吉尔《牧歌》，5 世纪手稿

我从来没感到你需要涂脂抹粉，
所以我从来不装扮你的秀颊。
我发觉，或者自以为发觉，你远胜
那诗人奉献给你的一纸贫乏：

因此我就把对你的好评休止，
有你自己在，就让你自己来证明
寻常的羽管笔说不好你的价值，
听它说得愈高妙而其实愈不行。

你认为我沉默寡言是我的过失，
其实我哑着正是我最大的荣誉；
因为我没响，就没破坏美，可是
别人要给你生命，给了你坟墓。

比起你两位诗人曲意的赞美来，
你一只明眸里有着更多的生命在。

商籁
第 83 首

———

"两位诗人"
元诗

I never saw that you did painting need,
And therefore to your fair no painting set;
I found, or thought I found, you did exceed
That barren tender of a poet's debt:

And therefore have I slept in your report,
That you yourself, being extant, well might show
How far a modern quill doth come too short,
Speaking of worth, what worth in you doth grow.

This silence for my sin you did impute,
Which shall be most my glory being dumb;
For I impair not beauty being mute,
When others would give life, and bring a tomb.

    There lives more life in one of your fair eyes
    Than both your poets can in praise devise.

商籁第 83 首的主题与第 82 首紧密相连，论证的出发点都是俊美青年天然去雕饰的美貌，以及对诗人（第 82 首中是复数的对手诗人们）多此一举的涂脂抹粉。不同的是，第 83 首将第 82 首的视觉中心主义的词汇系统转换成了听觉中心主义的，对舌头和耳朵之官能的极简主义的运用才是赞美俊友的最佳方式。商籁第 82 首以绘画－化妆（painting）的隐喻收尾：

And their gross painting might be better us'd

Where cheeks need blood; in thee it is abus'd.

他们拙劣的画术最好去涂红

缺血的脸蛋；在你这里则是滥用。

（包慧怡 译）

商籁第 83 首紧接着以绘画－化妆的隐喻开场：

I never saw that you did painting need,

And therefore to your fair no painting set;

I found, or thought I found, you did exceed

That barren tender of a poet's debt

我从来没感到你需要涂脂抹粉，

所以我从来不装扮你的秀颊。

我发觉，或者自以为发觉，你远胜

那诗人奉献给你的一纸贫乏

诗人说，任何"诗人的负债"（a poet's debt）所能提供的作品或"产出"（tender 作名词相当于 offer、supply，今天还用 tender 表示招标 / 标书的释义），在"你"本人面前都相形见绌，显得万分贫瘠（barren）。这里的 poet 当然包括第 1—2 行中为"你"进行不必要的"化妆"和藻饰的对手诗人，也包括"我"自己。这便引出第二节的论证：既然"我"的写作不能为"你"增色，"我"就干脆怠工，在汇报 / 描述你的美这件事上"打了一会儿瞌睡"。

And therefore have I slept in your report,

That you yourself, being extant, well might show

How far a modern quill doth come too short,

Speaking of worth, what worth in you doth grow.

因此我就把对你的好评休止，

有你自己在，就让你自己来证明

寻常的羽管笔说不好你的价值，

听它说得愈高妙而其实愈不行。

"活生生的你本人"（yourself, being extant）就可以

810

向世界昭示，诗人的羽毛笔在赞颂方面是如何地力不从心。羽毛笔（quill，通常是鹅毛制成）当然是都铎时代英国主要的写作工具，却也经常用来借代诗人或诗人这个行业。与此同时，"现代"（modern）这个词在莎士比亚这里通常不是褒义的，常意味着陈腐、平庸、肤浅。就如在喜剧《皆大欢喜》（*As You Like It*）第二幕第七场杰奎斯（Jacques）那篇描绘"七个时代"的著名独白中：

... And then the justice,

In fair round belly with good capon lined,

With eyes severe and beard of formal cut,

Full of wise saws and modern instances ... (ll.153–56)

　　……然后是法官，胖胖圆圆的肚子塞满了阉鸡，凛然的眼光，整洁的胡须，满嘴都是格言和老生常谈……

正因为诗人的"拙笔"（modern quill）写不出俊美青年的美好，画不出比原型更美的图画，在商籁第 83 首的后半部分，也即第三节四行诗与对句组成的六行诗（sestet）中，视觉中心主义的语汇被转换成了听觉中心主义的。眼睛被放弃了，取而代之的是说话的舌头和倾听的耳朵。这种转换在莎士比亚涉及感官的修辞中屡见不鲜，比如在《维纳斯与阿多尼斯》中：

假设说，我只有两只耳朵，却没有眼睛，

那你内在的美，我目虽不见，耳却能听。

若我两耳聋，那你外表的美，如能看清，

也照样能把我一切感受的器官打动。

（张谷若 译）

　　维纳斯接着论证，即使自己接连失去视觉、听觉、触觉、嗅觉，单凭着剩下的味觉，也能感受阿多尼斯的美好。五种外部感官在爱情中可以互相补充、互相替代，这也是莎士比亚在戏剧和十四行诗系列中变奏演绎过的一种修辞传统。而在商籁第83首第三节中，诗人却提出了这一悖论："我"的舌头既然不足以赞颂"你"的美，不如让它"沉寂"，让"我"在"做个哑巴时获得最多的荣光"，因为通过沉默，"我"不会减损"你"的美。相反地，对手诗人们（others）想要卖弄他们的华丽修辞，以为可以像皮格马利翁为雕像所做的那样为你"带去生命"，结果却是"带来了一座坟墓"：

This silence for my sin you did impute,

Which shall be most my glory being dumb;

For I impair not beauty being mute,

When others would give life, and bring a tomb.

你认为我沉默寡言是我的过失，

其实我哑着正是我最大的荣誉；

因为我没响，就没破坏美，可是

别人要给你生命，给了你坟墓。

如前文所述，在中世纪到文艺复兴的感官论中，舌头被看作具有主动和被动两种官能，被动的部分负责进食，即掌管味觉的领域（taste, tastus）；主动的部分负责说话，即言辞的领域（speech），该领域又被看作耳朵的官能听觉（hearing）的另一面。舌头的这两种功能都被看作一个人的外部感官（external senses）的组成部分。与莎士比亚一贯的修辞不同，本诗的后半部分反复强调这一悖论："我"不去使用舌头，不去运用"说话"这种官能，也不调用别人的听觉，反而能更好地赞颂"你"。因此，请不要把"我的沉默"当成一种罪过去责怪（This silence for my sin you did impute），要怪就怪自己太美吧——"你"的一只眼睛里所焕发的生命力，远胜"你的两位诗人"所能写出的任何词句：

There lives more life in one of your fair eyes

Than both your poets can in praise devise.

比起你两位诗人曲意的赞美来，

你一只明眸里有着更多的生命在。

　　这里的"两位诗人"当然包括"我"自己，以及一位没有被具体点名的单数的对手诗人。或许他就是商籁第 79 首和第 80 首中同样以单数形式出现过的那位才华横溢的对手。但他再怎样有才华，也不像"我"这般拥有适时沉默的智慧，知道何时停止用舌头，而仅用眼睛去体察美。在全诗末尾，舌头的功能再次让位给眼睛，只不过是通过俊友而非诗人的眼睛。当然，由于只有用眼睛才能看见"你"的眼睛，这份美的体验也最终落实到"我"的视觉经验。但与开篇处其他诗人热衷于用眼睛为"你"画像不同，"我"只愿专注地看而不愿僭越，观看美的对象本身就是最纯粹的美学经验。

　　莎士比亚在喜剧《爱的徒劳》（*Love's Labour's Lost*）第四幕第二场第 110—123 行中写有一首十四行诗体的"剧中诗"，该剧中诗最后四行的主旨可以说与商籁第 83 首（尤其是后半部分的六行诗）如出一辙：

If love make me forsworn, how shall I swear to love?
Ah, never faith could hold, if not to beauty vowed!
Though to myself forsworn, to thee I'll faithful prove;
Those thoughts to me were oaks, to thee like osiers

bowed.

Study his bias leaves, and makes his book thine eyes,

Where all those pleasures live that art would comprehend.

If knowledge be the mark, to know thee shall suffice;

Well learned is that tongue that well can thee commend,

All ignorant that soul that sees thee without wonder;

Which is to me some praise that I thy parts admire.

Thine eye Jove's lightning seems, thy voice his dreadful

    thunder,

Which, not to anger bent, is music and sweet fire.

    Celestial as thou art, O do not love that wrong,

    To sing heaven's praise with such an earthly tongue.

为爱背盟，怎么向你自表寸心？

啊！美色当前，谁不要失去操守？

虽然抚躬自愧，对你誓竭忠贞；

昔日的橡树已化作依人弱柳：

请细读它一叶叶的柔情蜜爱，

它的幸福都写下在你的眼中。

你是全世界一切知识的渊海，

赞美你便是一切学问的尖峰；

倘不是蠢如鹿豕的冥顽愚人，

谁见了你不发出惊奇的嗟叹？

你目藏闪电，声音里藏着雷霆；

平静时却是天乐与星光灿烂。

你是天人，啊！赦免爱情的无知，

以尘俗之舌讴歌绝世的仙姿。[1]

（朱生豪 译）

1 此诗被收入 1599 年未经莎士比亚应允出版的《激情的朝圣者》，该诗集中共收录诗歌 20 首，其中第 1、2 首与十四行诗系列中的第 138、144 首基本相同，第 3、5、16 首均出自《爱的徒劳》，第 8、10、19、20 首是其他几位有名可考的诗人的作品，其余 11 首可能出自匿名作者之手，但是否一定不是莎氏手笔，学界未有定论。

《爱的徒劳》第四幕，斯托萨德（Thomas
Stothard），1800 年

谁赞得最好？什么赞辞能够比

"你才是你自己" 这赞辞更丰美，更强？

在谁的身上保存着你的匹敌，

如果这匹敌不在你自己身上？

一枝笔假如不能够给他的人物

一点儿光彩，就显得十分枯涩；

但是，假如他描写你时能说出

"你是你自己"，这作品就极为出色；

让他照抄你身上原有的文句，

不任意糟蹋造化的清新的手稿，

实录的肖像会使他艺名特具，

使他作品的风格到处受称道。

　　你把诅咒加上了你美丽的幸福，

　　爱受人称赞，那赞辞就因此粗俗。

Who is it that says most, which can say more,

Than this rich praise, –that you alone, are you?

In whose confine immured is the store

Which should example where your equal grew?

Lean penury within that pen doth dwell

That to his subject lends not some small glory;

But he that writes of you, if he can tell

That you are you, so dignifies his story,

Let him but copy what in you is writ,

Not making worse what nature made so clear,

And such a counterpart shall fame his wit,

Making his style admired every where.

    You to your beauteous blessings add a curse,

    Being fond on praise, which makes your praises worse.

在此前和此后的一些诗中，莎士比亚反对的是对手诗人们堆砌华丽辞藻、动辄惊动日月星辰的"僭越的比较"（proud compare，如商籁第20首），或者过去时代的诗人在情诗传统中约定俗成的"瞎比一通"（false compare，如商籁第130首）。在商籁第84首中，诗人却说，任何形式的比较对俊美青年都是不公正的，因为"他就是他"，其完美凌驾于一切比较之上，是真正无可比拟的。天主教弥撒仪式里有这么一句著名的拉丁文祷词："唯有你是神圣的，唯有你是至高的，唯有你是上主。"（*Tu solus sanctus, tu solus altissimus, tu solus dominus.*）商籁第84首可以说是这句祷词的世俗版。

莎士比亚是否可能是、多大程度上是一个生活在新教时代英国的隐匿的天主教徒，关于这方面的研究汗牛充栋，我们在此不作讨论。[1] 可以基本确定的是，他对旧宗教的仪式和相关文本是熟悉的，它们是少年莎士比亚成长过程中闪烁其词却确凿存在的影响。我们已在商籁第8、34、52、74首中看到过一些端倪，情诗语汇与虔敬语汇在莎士比亚那里往往糅合得天衣无缝，处于一个让潜在的审查官不安却无法盖棺定论的暧昧地带。这既是莎氏的才华，也是他惯于在危机中生存的能力的见证。

本诗第一、第二节的基本论点相似。第一节用两个反问句进行

1 然而这一问题对我们全面理解莎士比亚十分重要，此处仅举已有中译本的代表性著作若干，方便读者查阅：斯蒂芬·格林布拉特《俗世威尔——莎士比亚新传》，第54—77页；迈克尔·伍德《莎士比亚是谁》，第62—80页及304—306页；安东尼·伯吉斯《莎士比亚》，第17—20页；格雷姆·霍德尼斯《莎士比亚的九种人生》，第207—217页；等等。

否定：任何诗人想要为"你"增色都是徒劳无益的，因为"唯有你是你"（that you alone, are you），这已是最高的赞颂。没有任何诗人可以在自己"高墙之后的"（immured）、隐秘的"库存"（store）中找到能与"你"相提并论的主题，因为"你"本是无可比拟、举世无双的：

Who is it that says most, which can say more,
Than this rich praise, –that you alone, are you?
In whose confine immured is the store
Which should example where your equal grew?
谁赞得最好？什么赞辞能够比
"你才是你自己"这赞辞更丰美，更强？
在谁的身上保存着你的匹敌，
如果这匹敌不在你自己身上？

　　第二节则从另一角度出发，说诗歌界的常情是，诗人必须为他的主题（他赞颂的对象）带去荣光，否则就算他缺乏才思。但在面对"你"这极其特殊的主题时，由于"你"本身已经如此完美，如果一个诗人可以原原本本地描述"你"，忠实地表现"你就是你"（That you are you），那他就已经非常了不起。不是诗人的笔为"你"增色，而是"你"为诗人的讲述（story）带去荣光：

Lean penury within that pen doth dwell

That to his subject lends not some small glory;

But he that writes of you, if he can tell

That you are you, so dignifies his story

一枝笔假如不能够给他的人物

一点儿光彩，就显得十分枯涩；

但是，假如他描写你时能说出

"你是你自己"，这作品就极为出色

　　第三节引入了本诗的核心动词"誊抄"（copy）。莎士比亚生活在后印刷术的时代，但他和他的同时代人对于手抄本（manuscript）——这一费时费力费财的书籍形式是欧洲中世纪文化最重要的物质载体——以及手工誊抄（copying）这件事依然保持着高度的敏感性与亲身参与度。毕竟莎士比亚自己的剧本在搬上舞台的过程中必然经历了多道誊抄工序（不幸的是，没有任何莎士比亚自己手写的剧本稿完整保留下来）。就连私密性较强的十四行诗集，一开始也很可能是通过誊抄工整的手抄本形式在小范围读者圈内流传的，被"某个见多识广的文艺界观察者"在 1598 年称作"在私交间传阅的糖渍的十四行诗"。[1] 商籁第 84 首中，诗人将俊美青年比作一个完美的、写满了文字的"母本"，所有以他为主题的诗歌作品——在最理想的情况下——都应

---

1 斯蒂芬·格林布拉特，《俗世威尔——莎士比亚新传》，第 168 页。

该是忠诚誊抄其内容的"手抄本"。由于母本太完美，只是忠实地制作"副本"（counterpart）就可以使人流芳百世，任何除此以外的创作方式都是僭越的：

Let him but copy what in you is writ,

Not making worse what nature made so clear,

And such a counterpart shall fame his wit,

Making his style admired every where.

让他照抄你身上原有的文句，

不任意糟蹋造化的清新的手稿，

实录的肖像会使他艺名特具，

使他作品的风格到处受称道。

但是忠实地誊抄、制造手抄本形式的副本，从来不是一件容易的事。莎士比亚推崇的诗人前辈乔叟有一首关于手抄本和誊抄工的不那么起眼的"怨歌"（complaint）：

Words unto Adam, His Own Scriveyne

Geoffrey Chaucer

Adam Scryveyne, if ever it thee befalle

Boece or Troylus for to wryten newe,

Vnder thy long lockkes thowe most haue the scalle

But after my makyng thowe wryt more trewe!

So oft a-day I mot thy werk renewe,

It to corect and eke to rubbe and scrape,

And all is thorugh thy necglygence and rape!

乔叟致亚当，他的誊抄工

杰弗里·乔叟

亚当，誊抄工，只要你重新抄写

我的《波伊齐》或《特洛伊罗斯》，

但愿你长长的鬈发下生出皮藓

除非你更忠实地誊抄我的原诗！

多少次，我不得不一遍遍替你返工

在羊皮上又擦又刮，订正错误，

一切都因为你的疏忽，你的仓促！

（包慧怡 译）

　　这是一首相当风趣的小诗。以林妮·穆尼为代表的"自传派"学者认为该诗中被责骂的对象"亚当"就是乔叟作品最重要的誊抄工亚当·平克赫斯特（Adam Pinkhurst）：这位亚当是乔叟的同时代人，大约从 14 世纪 80 年代起担任乔叟的誊抄工（又称"缮写士"），并在 1400 年乔叟死后仍为他誊抄作品，而且亚当·平克赫斯特恰恰就是《坎特伯雷故事集》两份最重要的手稿的抄写者。[1] "自传派"的观点得到了广泛认同，毕竟这是看起来最证据确凿、时间也能对上号的一种可能：乔叟的这首诗约写于 13 世纪 80 年代中期，在他完成《波伊提乌斯》（*Boece*）与《特洛伊罗斯和克丽希达》（*Troilus and Criseyde*）之后，这也正是平克赫斯特开始为乔叟抄写的年代。我们可以看到，即使是乔叟最委以重任的"首席"誊抄工，在完成抄写这一费时费力的艰巨任务时都难免犯错，让原稿的质量大打折扣，更不要说莎士比亚诗中所批评的那类企图背离原稿、进行所谓改造的对手诗人了，"他"只会"破坏大自然清晰的母本"（making worse what nature made so clear）。

如此，莎士比亚就一劳永逸地否定了包括本诗中以单数形式出现的"他"（he）在内的所有潜在的对手，否定了他们所遵循的藻饰传统（epideictic tradition）。讽刺的是，诗人强调必须一五一十地誊抄写在俊友这个"母本"中的"文字"（copy what in you is writ），除此之外的一切劳动只会产生次品。这不由得使人思考，诗人是否自认为在十四行诗集内担任了"忠实的誊抄工"的角色，诗人又在多大程度上能与（按照本诗的逻辑）自己制作出次品的可能性达成和解。

1 Linne Mooney, "Chaucer's Scribe", pp. 97—138；参见拙著《中古英语抒情诗的艺术》，第 227—240 页。

对于这首诗，我们会发现很难判断转折处出现在第三节还是对句中。对句无疑又提供了前 12 行不曾触及的内容：原来"你"这个母本也并不是百分之百的完美，"你"有一个可能成为"诅咒"的致命缺陷——爱听好话。在最后一行典型莎士比亚式高度精简的悖论表达中，恰恰是"你"对赞美的热衷，使得赞美"你"的作品成了次品。原因就是上文中提到的，对手诗人们都竞相创作——试图超越母本而取得"你"的欢心——却忽略了在"你"身上只有忠实制作副本才能取得荣光这一"创作"原则：

You to your beauteous blessings add a curse,

Being fond on praise, which makes your praises worse.

你把诅咒加上了你美丽的幸福，

爱受人称赞，那赞辞就因此粗俗。

亚当·平克赫斯特抄写的《埃利斯米尔手稿》
（Ellesmere Manuscript）中的乔叟肖像，约 1410 年

我的缪斯守礼貌，缄口不响，
黄金的羽管笔底下却有了记录：
录下了大量对你的啧啧称扬——
全体缪斯们吟成的清辞和丽句。

别人是文章写得好，可我是思想好，
像不学无术的牧师，总让机灵神
挥动他文雅精巧的文笔来编造
一首首赞美诗，而我在后头喊"阿门"。

我听见人家称赞你，就说"对，正是"，
添些东西到赞美的极峰上来；
不过那只在我的沉思中，这沉思
爱你，说得慢，可想得比谁都快。

那么对别人呢，留意他们的言辞吧，
对我呢，留意我哑口而雄辩的沉思吧。

商籁
第85首

"沉默的缪斯"
元诗

My tongue-tied Muse in manners holds her still,

While comments of your praise richly compil'd,

Reserve their character with golden quill,

And precious phrase by all the Muses fil'd.

I think good thoughts, whilst others write good words,

And like unlettered clerk still cry 'Amen'

To every hymn that able spirit affords,

In polish'd form of well-refined pen.

Hearing you praised, I say ''tis so, 'tis true,'

And to the most of praise add something more;

But that is in my thought, whose love to you,

Though words come hindmost, holds his rank before.

    Then others, for the breath of words respect,

    Me for my dumb thoughts, speaking in effect.

商籁第 85 首中，诗人以自己"哑口无言的缪斯"挑战对手诗人们字字珠玑的九位缪斯，并劝说俊美青年在这"一比九"的两大缪斯阵营中作出正确的选择。

这首诗继承并发展了中世纪诗歌中常见的"哑口无言"修辞法（inexpressibility topos）——使用该修辞的中世纪诗人往往在巨细靡遗地描述一幕美景或其他某样令人惊奇的事物之前（偶尔是之后），说眼前所见令自己目瞪口呆、笨嘴拙舌，无法恰如其分地对之进行描绘。"哑口无言"属于中世纪诗人诸多"佯装谦虚"（affected modesty）的修辞手法中的一种。莎士比亚在第一节中就说，自己的缪斯是一位"张口结舌的缪斯"，（在赞颂"你"方面）没有什么动静；与"我"的沉默形成鲜明对比的是连篇累牍地赞颂"你"的众多对手诗人，他们不仅用华贵的金色鹅毛笔镌刻下自己的文字，还召来所有的九位缪斯，一起为他们的诗篇注入金玉良言：

My tongue-tied Muse in manners holds her still,
While comments of your praise richly compil'd,
Reserve their character with golden quill,
And precious phrase by all the Muses fil'd.
我的缪斯守礼貌，缄口不响，
黄金的羽管笔底下却有了记录：

录下了大量对你的啧啧称扬——
全体缪斯们吟成的清辞和丽句。

　　缪斯作为古希腊和古罗马诗人们开篇致意的对象，其形象并不总是正面的、充满神性的、可尊敬的。奥维德在《爱的艺术》（*Ars Amatoria*）中时常以反讽的口吻谈论缪斯，他的缪斯被同时代的评论者称为"放荡不羁"的，而他则自我辩护说，自己的缪斯不过是"诙谐顽皮"；斯塔提乌斯（Statius）在抒情诗中塑造了不少缪斯的"替代品"；生活在公元1世纪的古罗马诗人珀修斯（Persius）写过一篇批评当代诗歌和修辞术的论说文，在其短序中，他自称诗歌的门外汉和"半个村民"，在自己与受"官方诗神"缪斯们眷顾的职业诗人之间划清了界限：

　　　我从没有酣畅地痛饮甘冽的马泉，
　　　也不曾梦见那双峰的帕纳索斯山；
　　　果真如此，我便可以即刻成为诗人。
　　　赫利孔的山泉与泛白的皮雷内泉，
　　　还是留给雕像爬满常春藤的人吧；
　　　身为半个村民，可我仍要把我的
　　　诗作献给神圣的田园诗人节。[1]

1　恩斯特·R.库尔提乌斯，《欧洲文学与拉丁中世纪》，第305—306页。

到了中世纪，赫西俄德－荷马式的缪斯的黄金时代早已结束，缪斯的名字不再意味着居住在高不可及的赫利孔山上的女神，而是时常化身为人类在艺术、哲学甚至科学等各领域精神创造活动的代名词。即使缪斯形象已如此丰富多元，大大增强了"召唤缪斯"文学传统的适应性，缪斯们的昔日威望仍不可挽回地衰微了，无论在中世纪基督教作家那里，还是在文艺复兴人文主义作家那里，缪斯的集体退隐看起来都不可避免。在为故去的父亲写的悼诗中，中世纪西班牙诗人曼里克（Jorge Manrique, 1440—1478）明确地割舍了自己对化身为"幻想"的缪斯的依赖，转而将一切诗歌和真善美的源泉都归于上帝：

在此我不会祈求

大诗人和演说家

——那少数的不朽；

幻想诱人却可欺，

在她芬芳的叶子上，

粘着毒露滴。

我的思想只为他涌现，

他是永真，是善，是智，

我为他呐喊：

他与文明共生共行，

而世界缺位参透

他的神性。[1]

我们再来细品莎士比亚商籁第 85 首的第二节：

I think good thoughts, whilst others write good words,

And like unlettered clerk still cry 'Amen'

To every hymn that able spirit affords,

In polish'd form of well-refined pen.

别人是文章写得好，可我是思想好，

像不学无术的牧师，总让机灵神

挥动他文雅精巧的文笔来编造

一首首赞美诗，而我在后头喊"阿门"。

"我"将其他诗人献给俊美青年的诗篇描述为"堂皇的"（richly compil'd）、"金色的 / 黄金般的"（golden）、"抛光的"（polished）、"精心打磨的"（refined）——表面上都是些褒扬的词，但"堂皇"可以是堆砌而成的，"金色的"未必就是真金，"抛光"和"打磨"更有人为加工太过之嫌疑。这组措辞的潜台词是，虽然青年的美是天然去雕饰的，其他诗人献给他的却都是华而不实的作品。用第 5 行的话来说，他们只是"书写华丽的辞章"（write good

1 恩斯特·R. 库尔提乌斯，《欧洲文学与拉丁中世纪》，第 315 页。

words）。与之形成对比的则是诗人最近的沉默，他声称自己
"满怀温情"（think good thoughts），曾经健谈的"我"如
今深陷爱情中，唯一的语言只有连声的"阿门，阿门"，像
一个"不识字的牧师"。[1] 这恰恰证明唯有"我"是用心去书
写的，而非借助"金笔"或召唤神话中的九位缪斯；心中
充满太多爱时，张口结舌也并不奇怪。九位官方缪斯成了
浮夸乃至矫饰、虚伪的代名词：

Hearing you praised, I say 'tis so, 'tis true, '

And to the most of praise add something more;

But that is in my thought, whose love to you,

Though words come hindmost, holds his rank before.

我听见人家称赞你，就说"对，正是"，

添些东西到赞美的极峰上来；

不过那只在我的沉思中，这沉思

爱你，说得慢，可想得比谁都快。

　　诗人在第三节中继续发展了"哑口无言"修辞法。这
一次，他说，每当"我"听见"你"被称赞，"我"也只会
跟着重复"没错，没错"（'tis so, 'tis true）——差不多是希
伯来文"Amen, Amen"的英文版。此处响应第二节（"我"
只会用最简单质朴的话赞美"你"），

1 clerk 在中古英语和早期现代英
语中也可以指"学者""大学生"
（参见乔叟《坎特伯雷故事集》中
《学者的故事》），但结合此诗中诗
人自述口念"阿门"的上下文，仍
取其"牧师"之义。

进一步说"我"同样只会用这样的零星短句来附和别人对"你"的赞美。不同之处在于，无论他们如何赞美"你"，"我"心中都要在别人哪怕是最高级的赞美上"再加一点东西/再加一个念头"（add something more），而"我"所添加的这个念头/思念（thought）具有比"我"滞后的词语更高贵的地位——因为这个念头乃是出自爱，甚至，这个被添加上去的事物就是爱本身。

到了最后，诗人也就可以让他"哑口无言的缪斯"与令对手们滔滔不绝的九位缪斯达成和解，也是与自己达成和解：就让其他诗人为了口吐华章而被尊重吧，"我"希望自己被"你"看重是因为笨拙却真挚的思念，为了它们在缄默中道出的真实。

Then others, for the breath of words respect,

Me for my dumb thoughts, speaking in effect.

那么对别人呢，留意他们的言辞吧，

对我呢，留意我哑口而雄辩的沉思吧。

司掌颂诗的缪斯波丽姆尼娅，疑似
弗朗切斯科·德尔·科萨（Francesco
del Cossa）所作，约 1455 年

难道是他的华章，春风得意，
扬帆驶去抓你作珍贵的俘虏，
才使我成熟的思想埋在脑子里，
使它的出生地变成了它的坟墓？

难道是在精灵传授下字字珠玑、
笔笔神来的诗人——他打我致死？
不是他，也不是夜里帮他的伙计——
并不是他们骇呆了我的诗思。

他，和每夜把才智教给他同时又
欺骗了他的、那个殷勤的幽灵，
都不能夸称征服者，迫使我缄口；
因此我一点儿也不胆战心惊。

但是，你的脸转向了他的诗篇，
我就没了谱；我的诗就意兴索然。

Was it the proud full sail of his great verse,

Bound for the prize of all too precious you,

That did my ripe thoughts in my brain inhearse,

Making their tomb the womb wherein they grew?

Was it his spirit, by spirits taught to write,

Above a mortal pitch, that struck me dead?

No, neither he, nor his compeers by night

Giving him aid, my verse astonished.

He, nor that affable familiar ghost

Which nightly gulls him with intelligence,

As victors of my silence cannot boast;

I was not sick of any fear from thence:

> But when your countenance fill'd up his line,

> Then lacked I matter; that enfeebled mine.

我们来到了"对手诗人序列诗"中的最后一首。商籁第86首中的对手诗人也是以单数形式出现的，一反常态的是，诗中反复暗示该诗人属于"黑夜派"（School of Night）并参与某种通灵活动，其真实身份似乎有整个序列中最为明确的所指。

　　在莎士比亚写作十四行诗系列差不多同一时期，《荷马史诗》的译者、古典学者、诗人乔治·查普曼（George Chapman）于1594年出版了他的长诗《夜影》（The Shadow of the Night）。该诗引起了一些轰动，被后世看作预示了哥特文学一个多世纪后在英国的风靡和更晚世纪内的复兴。《夜影》分为《夜颂》（Hymnus in Noctem）和《月颂》（Hymnus in Cynthiam）两个部分，查普曼在《夜颂》部分中将夜晚当作一名主宰太初混沌，又能为灵魂送去安息的伟大女神来赞颂，或许在这方面，查普曼可谓写作德语《夜颂》的诺瓦利斯和写作英语《夜莺颂》的济慈的前浪漫主义先驱。

　　莎士比亚在商籁第86首这最后一首关于对手诗人的十四行诗中，似乎有那么一会儿打破了他惯来谨小慎微的人设，直接将对手的特殊诗歌风格高光标出，还"恨"屋及乌波及了查普曼所属的文人小团体。这个人称"黑夜派"的伊丽莎白时期的作家和科学家小圈子今天已不太有人提起，当年它的核心成员却是女王面前的红人，那个把烟草带入英国，同时也舞文弄墨的航海探险家沃尔特·罗利爵士（Sir Walter Raleigh）；此外，这个小圈子还包括马洛、查普曼、诺森伯兰伯爵亨利·珀西（Henry Percy，人称"巫师伯爵"）、天文学家兼数学家托马斯·哈利奥特（Thomas Harriot）等，其中哈利奥特是世界上最早通过天文望远镜观察月相并绘制月球表面素描的人。传说中，甚至连女王的御用占星师、通过观察天象和水晶球为女王选定了登基吉日的约翰·迪博士（Dr John Dee）也曾是"黑夜派"的一员。"黑夜派"是后人加上的名字，典出莎士比亚本人的喜剧《爱的徒劳》第四幕第三场，"黑色是地狱的象征，囚牢的幽暗，暮夜的阴沉"（Black is the badge of hell / The hue of dungeons and the school of night）。[1] 当年（1592年），这些披着神秘外衣的知识分子被同时代人称作"无神论派"（The School of Atheism）。[2] 讽刺的是，这些所谓的"无神论派"却热衷于通灵、招魂、炼金等玄学活动。据说马洛是这些秘密仪式的常客，并且热衷于从这些通灵活动中汲取灵感，运用于他的代表作《浮士德博士》等剧本的相关段落中。查普曼很可能也是这些秘密仪式的参与者或旁观者，因而莎士比亚在商籁第86首中反复提到"幽灵""幽灵教授的写作""可亲的旧相识鬼魂"，看起

1 此处朱生豪译文未将"school of night"的"school"单独译出，仅统作"暮夜的阴沉"。

2 "黑夜派"理论是由阿切森于20世纪初提出的，参见 Arthur Acheson, *Shakespeare and The Rival Poet; Displaying Shakespeare as a Satirist and Proving the Identity of the Patron and the Rival of the Sonnets*, pp. 10–18。也有现代学者质疑"黑夜派"的结社和活动到底具有多大的历史真实性，参见 Samuel Schoenbaum, *Shakespeare's Lives*, p. 537。

来确实是在指认某个"黑夜派"成员：

Was it his spirit, by spirits taught to write,

Above a mortal pitch, that struck me dead?

No, neither he, nor his compeers by night

Giving him aid, my verse astonished.

难道是在精灵传授下字字珠玑、

笔笔神来的诗人——他打我致死？

不是他，也不是夜里帮他的伙计——

并不是他们骇呆了我的诗思。

He, nor that affable familiar ghost

Which nightly gulls him with intelligence …

他，和每夜把才智教给他同时又

欺骗了他的、那个殷勤的幽灵……

　　安东尼·伯吉斯在《莎士比亚》中称查普曼是个"面目不清、令人费解的玄学派（诗人），他称黑夜为情妇，甚至与鬼魂交谈。他无疑就是莎士比亚的诗敌"。[1] 伯吉斯的话语或许太过武断，不过他也肯定了包括《夜影》在内的查普曼的诗作"气势磅礴，有时读着像是出自莎士比亚之手"；并认为《夜影》中以下对"缪斯诗泉流溢之樽"

（Castalian bowles）的指涉是在挖苦莎士比亚——莎士比亚曾在《维纳斯与阿多尼斯》引言中说，阿波罗给诗人捧来了"诗泉之樽"，而《维纳斯与阿多尼斯》被查普曼看作一首放荡不堪的色情诗，故有以下"你们……不能捧起"之说：

> 你们这些受肉欲蛊惑的灵魂，
>
> 不能捧起缪斯诗泉流溢之樽，
>
> 使升腾的心灵从肉体中分离，
>
> 岂敢在泉中寻找自己的权利？
>
> 那琼浆潋于白昼，却把黑暗笼罩……[1]

　　看起来，这种嫉妒和竞争关系是双方的。不过莎士比亚在商籁第 86 首的结尾也强调了，不是这位黑夜派诗人本身，不是帮助他的黑夜和幽灵，甚至不是他的（在第一节四行诗中被肯定的）诗才和雄文——不是这些挫败了诗人。唯一真正有能力使他灰心的，不是他的对手，而是他的俊友本人。爱慕之人竟然垂青他的对手而不是自己——无论是通过口头鼓舞还是物质赞助——这才是击溃诗人自信的骆驼背上的最后一根稻草：

> I was not sick of any fear from thence:
>
> 因此我一点儿也不胆战心惊。

1　安东尼·伯吉斯，《莎士比亚》，第 193—194 页。

But when your countenance fill'd up his line,

Then lacked I matter; that enfeebled mine.

但是，你的脸转向了他的诗篇，

我就没了谱；我的诗就意兴索然。

　　三个多世纪后，约翰·济慈曾用一首十四行诗《初读查普曼译荷马有感》记录下自己第一次读到查普曼的译诗后感受到的惊艳。我们知道济慈最尊敬的诗歌偶像之一就是莎士比亚，在十四行诗写作方面，济慈常被看作莎翁的浪漫派传人。无论查普曼是否就是商籁第 86 首，甚至整个对手诗人序列中的对手诗人本尊，这种穿越时空的遥远致敬或许能让我们看到，如果他与莎士比亚之间的确存在过竞争或对立，这两位对手至少在诗艺上是旗鼓相当的，彼此配得上"对手"这一名字：

On First Looking into Chapman's Homer[1]

John Keats

Much have I travell'd in the realms of gold,

And many goodly states and kingdoms

1 此诗写于 1816 年 10 月。与济慈亦师亦友的查尔斯·考顿·克拉克（Charles Cowden Clarke）曾介绍济慈阅读查普曼翻译的荷马史诗，据说在通宵达旦的阅读后，破晓时分济慈从克拉克的住处步行回家，克拉克在同一天上午十点的邮件里收到了这首十四行诗。

seen;
Round many western islands have I been
Which bards in fealty to Apollo hold.

Oft of one wide expanse had I been told
That deep-brow'd Homer ruled as his demesne;
Yet did I never breathe its pure serene
Till I heard Chapman speak out loud and bold:

Then felt I like some watcher of the skies
When a new planet swims into his ken;
Or like stout Cortez when with eagle eyes
He star'd at the Pacific—and all his men

Look'd at each other with a wild surmise—
Silent, upon a peak in Darien.

初读查普曼译荷马有感

约翰·济慈

我曾漫游众多黄金的疆土，
将曼妙的万国千邦尽览；

我也曾造访过西方岛屿千万，

诗人令其在阿波罗那儿留驻。

我常听闻有一片广袤国度

深思的荷马统御那片领地；

我未曾呼吸它的纯净宁谧

直到听见查普曼朗声诵读：

那时我仿佛成了望天的星师

崭新的行星漂移入我的视域；

又如硬汉柯尔泰鹰眼锐利 [1]

凝望太平洋，船员面面相觑

各自心怀着臆测与狂念

沉默地站在达利昂之巅。

（包慧怡 译）

1 第一个从美洲中部的达利昂山
看到太平洋的并非征服阿兹台克
的西班牙殖民者柯尔泰（Hernan
Cortez, 1485–1547），而是另一
名西班牙殖民者巴尔沃亚（Vasco
Nunez de Balboa, 1475–1519）。不
过济慈的同时代评注者几乎无人
注意到这一笔误。

查普曼雕版肖像，疑似霍尔（William Hole）
所作，约 1616 年

再会! 你太贵重了, 我没法保有你,
你也多半明白你自己的价值:
你的才德给予你自由的权利;
我跟你订的契约就到此为止。

你不答应, 我怎能把你占有?
对于这样的福气, 我哪儿相配?
我没有接受这美好礼物的理由,
给我的特许证因而就掉头而归。

你当时不知道自己的身价有多大,
或者是把我看错了, 才给我深情;
所以, 你这份厚礼, 送错了人家,
终于回家了, 算得是明智的决定。

　　我曾经有过你, 像一场阿谀的迷梦,
　　我在那梦里称了王, 醒来一场空。

Farewell! thou art too dear for my possessing,

And like enough thou know'st thy estimate,

The charter of thy worth gives thee releasing;

My bonds in thee are all determinate.

For how do I hold thee but by thy granting?

And for that riches where is my deserving?

The cause of this fair gift in me is wanting,

And so my patent back again is swerving.

Thy self thou gav'st, thy own worth then not knowing,

Or me to whom thou gav'st it, else mistaking;

So thy great gift, upon misprision growing,

Comes home again, on better judgement making.

   Thus have I had thee, as a dream doth flatter,

   In sleep a king, but waking no such matter.

商籁第87首中虽然没有出现对手的影子，却可以被视为对刚结束的对手诗人序列的告别陈词，为该序列中所描述的诸多令诗人受挫的竞争提供了一个合情合理的结局：诗人决定放手，放弃自己对俊美青年曾经拥有的一切权利，本诗中这种权利被额外比喻成"债券"。

　　全诗以一声"告别"开篇，仿佛诗人对自己与俊友关系的最终结局的宣告。其实这不是整本诗集中诗人第一次宣布接受两人"不得不分手"的结局，我们已经在商籁第36首（《分手情诗》）中看到过类似的表述。只不过本诗通篇使用冷冰冰的金融词汇来描述火热恋情的终结，仅第一节中就出现了"持有（债权）"（possessing）、"价值"（worth）、"为你估值"（know'st thy estimate）、"契约／合同"（charter）、"赎回"（releasing）、"债券"（bonds）、（合同）"终止"（determinate）等"谈钱"的词汇：

Farewell! thou art too dear for my possessing,

And like enough thou know'st thy estimate,

The charter of thy worth gives thee releasing;

My bonds in thee are all determinate.

再会! 你太贵重了，我没法保有你，

你也多半明白你自己的价值：

你的才德给予你自由的权利；

我跟你订的契约就到此为止。

要把上述词汇抽离其金融语境，仅仅取其最宽泛的一般理解自然也是可能的，比如把"我在你身上持有的债券/我对你的债权"（my bonds in thee）理解成"我对你的权利/我与你的合约"。但任何对莎氏的成长环境及生平活动有所了解的读者，都很难天真地认为他是无心地持续选择了一系列带有金融、会计领域双关义的词汇，来描述普通的抽象的权利（right）。莎士比亚的父亲约翰·莎士比亚是个精明的生意人，虽然他的职业在儿子出生前的法律文献中用拉丁文登记为"农民"，但我们更熟悉的是作为手套制造商和皮革商的约翰。约翰同时还是个没有经过正规授权的羊毛走私商，这不止一次为他造成法律上的麻烦。此外，约翰也是个精明（但却未必明智）的理财者，常在合法放债和高利贷的边缘疯狂试探，终于在 1570 年一年中就两度因此被传讯。账本、欠条、债务文件是构成小威廉成长背景的一部分，"这些才是频繁出现于其剧作的地图、契约、财产转让的现实世界的摹本"，部分解释了"莎士比亚对财产投资的毕生兴趣"。[1]

人类最早的债券形式或许是奴隶制时代产生的公债，中世纪盛期欧洲最发达的经济体之一佛罗伦萨开了政府向民间金融业者募集公债的先例，威尼斯、都灵、米兰等城

1 斯蒂芬·格林布拉特，《俗世威尔——莎士比亚新传》，第30—35 页。

市纷纷跟进。随着航海大发现时代的到来，欧洲与东方之间的新航路进一步扩大了贸易规模，葡萄牙、西班牙、荷兰、英国等国竞相通过发行公债的方式筹措资金。1600 年成立的英国东印度公司常被看作最早的股份制公司，除股票之外也发行短期债券。这些是莎士比亚写作年代的世界金融大背景，头脑灵活的威廉将相关术语和意象用于作品中实在不足为奇。在商籁第 87 首描述的权利义务关系中，我们可以看到，表面上，俊美青年是发行债券的一方，类似于发行国债的国家那一方，是债务人（debtor）；诗人则是债权人（debtee），花了资金购买并持有俊友发行的债券。问题是，强势的一方依然是俊友，显然诗人是以远远低于应有估值的价格购买了俊友的债券，而如果没有后者的应允，诗人原本没有资格或资金去持有如此珍贵的一份权利：

For how do I hold thee but by thy granting?

And for that riches where is my deserving?

The cause of this fair gift in me is wanting,

And so my patent back again is swerving.

你不答应，我怎能把你占有?

对于这样的福气，我哪儿相配?

我没有接受这美好礼物的理由，

给我的特许证因而就掉头而归。

此处的 patent 一词并非我们熟悉的发明创造者可申请的"专利"，而是"专属经营权"，即从事某项买卖、与某人交易的独家垄断的权利。诗人在此用 patent 来指自己对俊友具有的爱情专利权，一种排他的、情感资源的垄断权，也是上文中"我在你身上持有的债权"意象的延续。"我"原先对"你"持有债权，但随着恋情的终结，合同到期，这份本来独属于"你"的权利又回到了"你"手中（back again is swerving）。伊丽莎白的宫廷中也发生过这种"专属经营权"的收回（swerving back）：一度为女王宠爱的埃塞克斯伯爵曾垄断了甜酒的经营权，这份"专利"（patent）曾是他主要的收入来源之一，但在 1600 年他从爱尔兰战败回来后那场著名的不愉快的冲突之后，女王没有再续签他的经营权许可，等于在事实上收回了这份专利。这直接导致了埃塞克斯伯爵的叛变，莎士比亚及其赞助人、"俊友"热门人选南安普顿伯爵后来也被牵连在内。

诗人说自己曾对俊友拥有的债权本来就是经后者许可的结果，现在这份债权不过是回到了它原先的主人那里，而俊友最初会同意转让债权（同意我购买"你"这支债券），是由于对自己的价值估计错误：是"你"对自己的估值不当导致"你"把这么珍贵的"你自己"低价卖给了"我"，让"我"成了受之有愧的债权持有者。那么，"你"现在"恢复理智"，中止合同，也是完全合情合理的。"我"也因而看清了事实，过去"我"对"你"拥有的债权不过是南柯一梦，不过是"持有"的表象；就如"我"曾幻想拥有"你"的心而在梦中称王，醒来才发现是虚梦一场：

Thy self thou gav'st, thy own worth then not knowing,
Or me to whom thou gav'st it, else mistaking;
So thy great gift, upon misprision growing,
Comes home again, on better judgement making.
你当时不知道自己的身价有多大，
或者是把我看错了，才给我深情；
所以，你这份厚礼，送错了人家，
终于回家了，算得是明智的决定。

Thus have I had thee, as a dream doth flatter,
In sleep a king, but waking no such matter.
我曾经有过你，像一场阿谀的迷梦，
我在那梦里称了王，醒来一场空。

本诗之外，我们在《维纳斯与阿多尼斯》中女神向美少年索吻的对话里，可以看到金融、借贷术语与爱情修辞的又一次天衣无缝的、典型莎士比亚式的结合：

你的香唇，曾在我的柔唇上留下甜印，

要叫这甜印永存，我订任何契约都肯，

即使我得为此而卖身，我也完全甘心，

只要你肯出价购买，交易公平信用准。

成交以后，如果你还怕会有伪币生纠纷，

那你就把印打上我这火漆般红的嘴唇。

"你只付吻一千，我的心就永远归你管。

你还毋须忙，可以一个一个从容清算。

在我嘴上触一千下就成，有什么麻烦？

你能很快就把它们数好，把它们付完。

若到期交不上款，因受罚全数要加一番，

那也不过两千吻，于你又哪能算得困难？"

（第 511—522 行，张谷若 译）

《维纳斯与阿多尼斯》，提香，1554 年

如果有一天你想要把我看轻，
带一眼侮慢来审视我的功绩，
我就要为了你好而打击我自身，
证明你正直，尽管你已经负义。

我要支持你而编我自己的故事，
好在自己的弱点我自己最明了，
我说我卑污，暗中犯下了过失；
使你失去我反而能赢得荣耀：

这样，我也将获得一些东西；
既然我全部的相思都倾向于你，
那么，我把损害加给我自己，
对你有利，对我就加倍地有利。

　　我是你的，我这样爱你：我要
　　担当一切恶名，来保证你好。

When thou shalt be dispos'd to set me light,

And place my merit in the eye of scorn,

Upon thy side, against myself I'll fight,

And prove thee virtuous, though thou art forsworn.

With mine own weakness, being best acquainted,

Upon thy part I can set down a story

Of faults conceal'd, wherein I am attainted;

That thou in losing me shalt win much glory:

And I by this will be a gainer too;

For bending all my loving thoughts on thee,

The injuries that to myself I do,

Doing thee vantage, double-vantage me.

    Such is my love, to thee I so belong,

    That for thy right, myself will bear all wrong.

商籁第 87 首是对手诗人序列诗和一组新的关于"情怨"的内嵌组诗之间的过渡。值得一提的是，菲利普·西德尼爵士的十四行诗系列《爱星者与星》同样是在第 87 首处，开始了关于分离和情怨的一组内嵌诗。

本诗的核心奇喻是"天平"，虽然诗人通篇并未明确点出这一仪器的名字。天平作为一种古老的衡器有着悠久的历史，这种基于杠杆原理制成的仪器最晚在公元前 1600 年就为古埃及人所用（钻孔挂绳的简易吊式天平）；约公元前 500 年，古罗马出现了靠挪动秤砣来取得重量平衡的"杆秤"；今天常见的摆动托盘天平则要到 17 世纪中叶才问世。在都铎时期的英国，天平依然是人们每日需要打交道的日用衡器，在药剂师的柜台、糖果点心铺、香料店都可以广泛看到，莎士比亚亦曾在戏剧作品中多次提到它。

商籁第 88 首中，诗人谈论的虽然是被弃绝的爱情，但却几乎所有核心词汇都确凿地指向以天平称重的过程：light（轻），place（放置），upon thy side（在你那一端），set down（放下），losing（失重），gainer（变重者），bending（倾斜），vantage（有利的位置），bear（负重）等。

When thou shalt be dispos'd to set me light,

And place my merit in the eye of scorn,

Upon thy side, against myself I'll fight,

And prove thee virtuous, though thou art forsworn.

如果有一天你想要把我看轻，

带一眼侮慢来审视我的功绩，

我就要为了你好而打击我自身，

证明你正直，尽管你已经负义。

诗人试图表达一种对现状的接受，而现状就是"你"轻视"我"，决意将与"我"相关的一切放在情感天平轻的那一头。如果这就是"你"的决定（原文中用一般将来时表示条件式），那么"我"出于对"你"的爱，决定与"你"同谋——"为了你（在天平上的）那一端"（upon thy side）与"我"自己开战。这种为了对自己不公的爱人与自我为敌的态度，早在商籁第 49 首（《"辟邪"元诗》）中就已出现。事实上，如果我们回忆一下商籁第 49 首的第一、第三节四行诗，会发现两首诗之间在论证逻辑、基调甚至句式上的诸多相似之处。49 是 7 乘以 7 的结果，88 则由两个 8 组成，一些学者认为这种主题上的呼应并非巧合：

Against that time, if ever that time come,

When I shall see thee frown on my defects,

When as thy love hath cast his utmost sum,

Call'd to that audit by advis'd respects;

恐怕那日子终于免不了要来临，

那时候，我见你对我的缺点皱眉，

你的爱已经付出了全部恩情，

种种理由劝告你把总账算回；

......

Against that time do I ensconce me here,

Within the knowledge of mine own desert,

And this my hand, against my self uprear,

To guard the lawful reasons on thy part (11.1-4，9–12)

那日子要来，我得先躲在反省里，

凭自知之明，了解自己的功罪，

我于是就这样举手，反对我自己，

站在你那边，辩护你合法的行为

在商籁第88首的第二、第三节四行诗中，诗人将自己的"偏心"表现得淋漓尽致。假如两人的恋情是一座天平，那他就决意将所有的砝码都放在俊友那一端，哪怕这会导致自己这头越来越轻，最终导致整座天平完全朝俊友那一头倾倒。诗人通过隐喻向俊友暗示：正如他的整颗心都完全偏向俊友（bending all my loving thoughts on thee），

两人的情感天平失衡甚至倾覆也是早已注定的事实；如今
"我"坦然接受这结局，不是因为停止对"你"的爱，而恰
恰是因为爱之深。

With mine own weakness, being best acquainted,
Upon thy part I can set down a story
Of faults conceal'd, wherein I am attainted;
That thou in losing me shalt win much glory:
我要支持你而编我自己的故事，
好在自己的弱点我自己最明了，
我说我卑污，暗中犯下了过失；
使你失去我反而能赢得荣耀：

And I by this will be a gainer too;
For bending all my loving thoughts on thee,
The injuries that to myself I do,
Doing thee vantage, double-vantage me.
这样，我也将获得一些东西；
既然我全部的相思都倾向于你，
那么，我把损害加给我自己，
对你有利，对我就加倍地有利。

因为深爱，"我"宣传自己已经习得并接受这种轻与重、失去与得到之间的悖论逻辑：若是失去"我"（losing me，双关"使我那头变轻"）能够使"你"获得荣耀，那"我"也因"你"的荣耀而有所得（be a gainer，双关"变重"）；假如伤害"我"自己能够给"你"带去好处（vantage，双关"秤杆上有利的位置"），那"我"也会获得双倍的好处（double-vantage）。然而我们不难感受到这种论证的难以自洽，尤其当考虑到诗人始终是被放弃的那一方，在这场不平衡的关系中很少握有任何主动权。本诗的基调是试图维持体面风度的离别，试图"不怨"的"怨歌"。

对句中延续了隐形的天平意象：为了"你的权利"，"我"愿意"负重"。此处的 right 当然还有"正确、公正、有理"这层双关——为了令"你"看起来正确，"我"愿意背负起一切错，这就是"我"这份显然是"偏爱"的情感的沉甸甸的重量。

Such is my love, to thee I so belong,

That for thy right, myself will bear all wrong.

我是你的，我这样爱你：我要

担当一切恶名，来保证你好。

喜剧《第十二夜》第一幕第五场中，薇奥拉（Viola）女扮男装成奥西诺（Orsino）公爵的信使，代她的主人向奥丽维娅（Olivia）求爱。当反应冷淡的奥丽维娅问他（她），如果她是站在这里为她自己求爱，她要如何做时，薇奥拉说了一段全剧中最著名的求爱词，这段求爱词几乎可以被看作商籁第 88 首中"我"没有勇气向"你"说出口的绝望独白：

Make me a willow cabin at your gate,

And call upon my soul within the house;

Write loyal cantons of contemned love

And sing them loud even in the dead of night;

Halloo your name to the reverberate hills

And make the babbling gossip of the air

Cry out 'Olivia!' O, You should not rest

Between the elements of air and earth,

But you should pity me! (ll.141–49)

我要在您的门前用柳枝筑成一所小屋，不时到府中访谒我的灵魂；我要吟咏着被冷淡的忠诚的爱情的篇什，不顾夜多么深我要把它们高声歌唱，我要向着回声的山崖呼喊您的名字，使饶舌的风都叫着'奥丽维娅'。啊！您在天地之间将要得不到安静，除非您怜悯了我！

天平座,《福斯托弗大师（Fastolf Master）时辰书》,
15 世纪英国

你说你丢弃我是因为我有过失，
我愿意阐释这种对我的侮辱：
说我拐腿，我愿意马上做跛子，
绝不反对你，来为我自己辩护。

爱呵，你变了心肠却寻找口实，
这样侮辱我，远不如我侮辱自身
来得厉害；我懂了你的意思，
就断绝和你的往来，装作陌路人；

不要再去散步了；你的芳名，
也不必继续在我的舌头上居住；
否则我（过于冒渎了）会对它不敬，
说不定会把你我的旧谊说出。

　　为了你呵，我发誓驳倒我自己，
　　你所憎恨的人，我决不爱惜。

忍辱
反情诗

Say that thou didst forsake me for some fault,

And I will comment upon that offence:

Speak of my lameness, and I straight will halt,

Against thy reasons making no defence.

Thou canst not, love, disgrace me half so ill,

To set a form upon desired change,

As I'll myself disgrace; knowing thy will,

I will acquaintance strangle, and look strange;

Be absent from thy walks; and in my tongue

Thy sweet beloved name no more shall dwell,

Lest I, too much profane, should do it wrong,

And haply of our old acquaintance tell.

    For thee, against my self I'll vow debate,

    For I must ne'er love him whom thou dost hate.

商籁第 89 首延续了第 88 首中"为了爱人与自己为敌"的主题，背后的逻辑依然是，既然"你"放弃了"我"，也就是"与我为敌"，那深爱着"你"而绝不愿违背你意愿的"我"就决定分享"你"的立场，与"我"自己为敌，哪怕代价是忍受一切屈辱。忍辱、自我争斗、自我厌恶的情绪贯穿着对手诗人序列诗结束后的 10 首商籁（第 87—96 首），这些商籁看似出发点为情诗，其自我贬抑的态度却已经背离了传统情诗的基调（爱情使人成为更好的自己），而进入了反情诗的晦暗领域。俊美青年序列诗中初露头角的这组内嵌反情诗要一直延续到第 97 首才会有转机，重新恢复我们在诗系列前半部分熟悉的那种情诗基调。当然，我们要在第 127 首之后的黑夫人序列诗中，才能看到莎士比亚笔下最典型的、全面开花的，可以说主要由莎氏开创并发扬的反情诗（mock love poem）传统。

Say that thou didst forsake me for some fault,
And I will comment upon that offence:
Speak of my lameness, and I straight will halt,
Against thy reasons making no defence.
你说你丢弃我是因为我有过失，
我愿意阐释这种对我的侮辱：
说我拐腿，我愿意马上做跛子，

绝不反对你，来为我自己辩护。

诗人在第一节中即摊出底牌，说自己不会忤逆任何出自俊友的意志："你"若说"我"有缺点，"我"就承认并把那缺陷好好论述一番；"你"若说"我"是瘸子，"我"就立刻装作不会走路。第二节中引入了受辱的主题，诗人说无论俊友怎样侮辱他，都比不上诗人侮辱自己来得厉害：俊友想要的是为自己的朝三暮四、另寻新欢找一套合乎礼仪的借口（To set a form upon desired change），但诗人说，不必这么做，"我"既然已经知道"你"的意志／欲望，就会主动退出，"扼杀我们的交好"。

Thou canst not, love, disgrace me half so ill,
To set a form upon desired change,
As I'll myself disgrace; knowing thy will,
I will acquaintance strangle, and look strange

爱呵，你变了心肠却寻找口实，
这样侮辱我，远不如我侮辱自身
来得厉害；我懂了你的意思，
就断绝和你的往来，装作陌路人

"我"会"披上陌生人的神色"（look strange），从此彻

872

底与"你"形同陌路。这是商籁第 36 首(《分手情诗》)中已经出现过的主题:出于某种原因诗人决定在公开场合不再与俊友相认,好保全后者的荣誉,但第 36 首并未言明诗人是被放弃的一方,两人看起来更多是由于某种不可抗的外力而不得不疏远彼此。第 89 首则明确是反情诗的基调,一方被另一方确凿地放弃了,两人的关系从多少维持表面的对等互动变成诗人单方面发出"愿意忍受一切侮辱"的受虐声明,而承受侮辱的形式之一就是发誓彻底退出对方的生命,彻底扮演一个缺席者,眼不看,口不言:

Be absent from thy walks; and in my tongue

Thy sweet beloved name no more shall dwell,

Lest I, too much profane, should do it wrong,

And haply of our old acquaintance tell.

不要再去散步了;你的芳名,

也不必继续在我的舌头上居住;

否则我(过于冒渎了)会对它不敬,

说不定会把你我的旧谊说出。

"我"将从"你"的生命中消失,免得造成"亵渎"。在这首怨歌基调的反情诗结尾处,"我"重复了前一首商籁中"为了你,我将与我自己为敌"的宣言:既然已被"你"

否定，"我"自然会否定自己；既然"我"为"你"所憎恨，那"我"就绝对不可能自爱。

For thee, against my self I'll vow debate,
For I must ne'er love him whom thou dost hate.
为了你呵，我发誓驳倒我自己，
你所憎恨的人，我决不爱惜。

在《维纳斯与阿多尼斯》中，维纳斯由于阿多尼斯的死而诅咒了所有的爱情。以下这段女神在美少年逐渐冰冷的尸体边发表的可怕的独白，不仅可以视为商籁第 89 首中从"我"的角度描述的不幸爱情的注解，也可以看作对贯穿整个俊美青年序列诗，尤其是第 87—96 首这组内嵌"反情诗"的情怨基调的阐释：

你今既已丧命，那我可以预言一通：
从此以后，"爱"要永远有"忧愁"作随从；
它要永远有"嫉妒"来把它服侍供奉。
它虽以甜蜜始，却永远要以烦恼终。
凡情之所钟，永远要贵贱参差，高下难同，
因此，它的快乐永远要敌不过它的苦痛。

它永要负心薄幸、反复无常、杨花水性；
要在萌芽时，就一瞬间受摧残而凋零；
它要里面藏毒素，却用甜美粉饰外形，
叫眼力最好的人，都受它的蒙骗欺哄；
它能叫最强健精壮的变得最软弱无能；
叫愚人伶牙俐齿，却叫智士不能出一声。

它要锱铢必较，却又过分地放荡奢豪；
教给老迈龙钟的人飘飘然跳踊舞蹈，
而好勇狠斗的强梁，却只能少安毋躁；
它把富人打倒，却给穷人财物和珠宝；
它温柔得一团棉软，又疯狂得大肆咆哮；
它叫老年人变成儿童，叫青年变得衰老。

无可恐惧的时候，它却偏偏要恐惧，
最应疑虑的时候，它却又毫不疑虑；
它一方面仁慈，另一方面却又狠戾；
它好像最公平的时候，它就最诈欺；
它最驯顺热烈的时候，它就最桀骜冷酷；
它叫懦夫变得大胆，却叫勇士变成懦夫。

它要激起战事，惹起一切可怕的变故；

它要叫父子之间嫌隙日生，争端百出；
一切的不满，它全都尽力地护持扶助，
它们臭味相投，唯有干柴烈火可仿佛。
既然我的所爱还在少年，就叫死神召去，
那么，一切情深的人都不许有爱的乐趣。

（朱生豪 译）

《维纳斯与阿多尼斯》，委罗内塞（Paolo Veronese），

约 1580 年

你要憎恨我，现在就憎恨我吧；
趁世人希望我事业失败的时光，
你串通厄运一同来战胜我吧，
别过后再下手，教我猝不及防：

啊别——我的心已经躲开了悲郁，
别等我攻克了忧伤再向我肆虐；
一夜狂风后，别再来早晨的阴雨，
拖到头来，存心要把我毁灭。

你要丢弃我，别等到最后才丢，
别让其他的小悲哀先耀武扬威，
顶好一下子全来；我这才能够
首先尝一下极端厄运的滋味；

其他的忧伤，现在挺像是忧伤，
比之于失掉你，就没有忧伤的分量。

别离
反情诗

Then hate me when thou wilt; if ever, now;

Now, while the world is bent my deeds to cross,

Join with the spite of fortune, make me bow,

And do not drop in for an after-loss:

Ah! do not, when my heart hath 'scap'd this sorrow,

Come in the rearward of a conquer'd woe;

Give not a windy night a rainy morrow,

To linger out a purpos'd overthrow.

If thou wilt leave me, do not leave me last,

When other petty griefs have done their spite,

But in the onset come: so shall I taste

At first the very worst of fortune's might;

 And other strains of woe, which now seem woe,

 Compar'd with loss of thee, will not seem so.

当我们在莎士比亚的商籁中看到第一句以首字母大写的 Then，或者 But，或者 So 开头，我们几乎可以看到那个文思泉涌、笔的速度跟不上灵感的伏案写作的诗人，在上一首商籁收尾处意犹未尽，限于十四行诗的形式只能收笔，而把没说完的内容径直放到了下一首诗的第一行。在这种情况下，前后两首商籁的主题往往一脉相承，彼此在叙事顺序和逻辑上紧密相接，几乎可以连起来读作一首长达二十八行的"双十四行"。互为双联诗的商籁第 89 首和第 90 首的关系即是如此，第 89 首中诗人谈到爱人不仅停止了爱情，甚至有可能憎恨自己，第 90 首则延续了第 89 首的情怨基调，以"那么，所以"开头，继续讨论这种恨：

Then hate me when thou wilt; if ever, now;
Now, while the world is bent my deeds to cross,
Join with the spite of fortune, make me bow,
And do not drop in for an after-loss
你要憎恨我，现在就憎恨我吧；
趁世人希望我事业失败的时光，
你串通厄运一同来战胜我吧，
别过后再下手，教我猝不及防

确切地说，本诗讨论的是憎恨的时机：如果"我"的心爱之人"你"注定要"恨""我",那请现在就恨,一次性恨个够,甚至和整个世界联起手来"恨"我",与命运一起对"我"落井下石(Join with the spite of fortune),让"我"此刻就尽情品尝"你"全部的恨意,而不要事后"再来一次"。第4行这个轻描淡写的 drop in(顺路拜访)用得可谓巧妙:被"你"憎恨当然是"我"难以承受的锥心之痛,而"你"传递这种恨意却轻巧得犹如街坊串门。诗人没有说出口的那份情怨已近乎哀求:请怜悯"我",不要一再撕碎恋人的心。第二节用气象学的比喻更生动地暗示了这份哀求:

Ah! do not, when my heart hath 'scap'd this sorrow,

Come in the rearward of a conquer'd woe;

Give not a windy night a rainy morrow,

To linger out a purpos'd overthrow.

啊别——我的心已经躲开了悲郁,

别等我攻克了忧伤再向我肆虐;

一夜狂风后,别再来早晨的阴雨,

拖到头来,存心要把我毁灭。

既然"你"早已决意要毁灭"我"(a purpos'd over-throw),就请不要拖延这刑期,而是一次性尽全力打击,不要当"我"用漫长的岁月终于稍稍战胜悲痛时再度来袭，"切莫在狂风之夜后再送来暴雨之晨"。我们看到，前两节都在谈论"仇恨"的时机，如果被心爱之人憎恨等于生命一部分的死去，那么诗人祈求速死而非死缓，处决而非凌迟。而这一切是在一个条件句中完成的，第一行中这个 if 串起的条件句长达八行（hate me when thou wilt; if ever）：如果"你"选择恨"我"，就让这个时机是现在。第 2 节中有一处十分细微的暗示："我"会复原，终将"从忧愁那儿逃开……战胜悲伤"，无论要花多久。也是在这一透露出求生本能的暗示中，诗人的祈愿才有意义，因为一次性到来的伤痛总比痊愈后反复剥开伤口要好。但全诗的第二个条件句将串起剩下的六行诗，比起第一行中的"如果你将恨我"，这第二个 if 串起的假设才是真正让诗人痛彻心扉之事。此处的打击严重到诗人连"战胜悲伤"都不再提起，而这才是全诗的核心条件式——"如果你将离开我"。

　　If thou wilt leave me, do not leave me last,

　　When other petty griefs have done their spite,

　　But in the onset come: so shall I taste

　　At first the very worst of fortune's might

　　你要丢弃我，别等到最后才丢，

　　别让其他的小悲哀先耀武扬威，

顶好一下子全来；我这才能够

首先尝一下极端厄运的滋味

　　此节延续了上文关于时机的讨论：如果"你"将离开，请立即动身，"一开始"（in the onset）就让这最可怕的打击到来，"一开始"（at first）就让命运呈现出最可怕的力量，而不要等到最后，不要等到"其他微小的悲伤"一起来使"我"受辱之后。因为能在"我"身上发生的最糟糕的伤害就是"你"的离去，能打击"我"的最不可挽回的悲伤就是失去"你"。因此，请让"我"先经历这最痛苦的失去，在这之后，其他的伤痛或失去都将微不足道——不是因为"我"将战胜悲伤，而是因为失去"你"会让"我"悲伤到对其他一切悲伤麻木：

And other strains of woe, which now seem woe,

Compar'd with loss of thee, will not seem so.

其他的忧伤，现在挺像是忧伤，

比之于失掉你，就没有忧伤的分量。

人们各有夸耀：夸出身，夸技巧，

夸身强力壮，或者夸财源茂盛，

有人夸新装，虽然是怪样的时髦；

有人夸骏马，有人夸猎狗、猎鹰；

各别的生性有着各别的享受，

各在其中找到了独有的欢乐；

个别的愉悦却不合我的胃口，

我自有极乐，把上述一切都超过。

对于我，你的爱远胜过高门显爵，

远胜过家财万贯，锦衣千柜，

比猎鹰和骏马给人更多的喜悦；

我只要有了你呵，就笑傲全人类。

只要失去你，我就会变成可怜虫，

你带走一切，会教我比任谁都穷。

Some glory in their birth, some in their skill,
Some in their wealth, some in their body's force,
Some in their garments though new-fangled ill;
Some in their hawks and hounds, some in their horse;

And every humour hath his adjunct pleasure,
Wherein it finds a joy above the rest:
But these particulars are not my measure,
All these I better in one general best.

Thy love is better than high birth to me,
Richer than wealth, prouder than garments'costs,
Of more delight than hawks and horses be;
And having thee, of all men's pride I boast:

 Wretched in this alone, that thou mayst take
 All this away, and me most wretched make.

商籁第 90 首提出了"失去你"这一迫在眉睫的可能性，但从第 91 首的内容来看，这种失去并未真的发生。比起 87—90 这四首表现即将到来的别离给诗人造成的痛苦的商籁，从第 91 首开始的 6 首商籁的语调有大幅缓和，虽然关系中断的阴影依然盘旋不去。第 91—96 首可以被看作一组检视俊美青年品德的"小内嵌诗"，也是诗系列中罕见的诗人将分手的主要原因"归咎"于对方而非自己的组诗。本诗的行文逻辑与商籁第 29 首（《云雀情诗》）十分相似，两首诗同样以罗列"他人的幸福"开篇，第 29 首着重表现了诗人对"被放逐的现状"（outcast cast）的不满，以及对他人种种好运的羡慕：

Wishing me like to one more rich in hope,

Featur'd like him, like him with friends possess'd,

Desiring this man's art, and that man's scope,

With what I most enjoy contented least (ll. 5–8)

愿自己像人家那样：或前程远大，

或一表人才，或胜友如云广交谊，

想有这人的权威，那人的才华，

于自己平素最得意的，倒最不满意

到了商籁第 91 首中，虽然诗人同样罗列了他人林林总总的可夸耀之物，语调却是不为所动的，第三人称的陈述没有在清点这些诗人自己或许不具备的世俗财富时流露任何情绪，对"体液说"的化用更进一步暗示了一种医学般"客观"的冷眼旁观的视角——他们不过是按照自己的体质（脾性、性格）各有各的嗜好罢了，这世间百态并不足以影响"我"：

Some glory in their birth, some in their skill,

Some in their wealth, some in their body's force,

Some in their garments though new-fangled ill;

Some in their hawks and hounds, some in their horse;

人们各有夸耀：夸出身，夸技巧，

夸身强力壮，或者夸财源茂盛，

有人夸新装，虽然是怪样的时髦；

有人夸骏马，有人夸猎狗、猎鹰；

And every humour hath his adjunct pleasure,

Wherein it finds a joy above the rest

各别的生性有着各别的享受，

各在其中找到了独有的欢乐

本诗转折段的信息与商籁第 29 首如出一辙：无论世人拥有怎样的财富，只要想起只有"我"拥有"你甜蜜的爱"（thy sweet love），"我"就认为自己远比任何人幸福，甚至不愿与国王交换位置／国度——这也就是商籁第 29 首收尾时的结论。在那首早期色调相对单纯的情诗中，只有一次转折，转折的核心——"你的爱"就足以否定前八行诗中诗人所有的不满，爱情足以拯救一切，为命运翻盘：

Yet in these thoughts my self almost despising,

Haply I think on thee, –and then my state,

Like to the lark at break of day arising

From sullen earth, sings hymns at heaven's gate;

但在这几乎是自轻自贱的思绪里，

我偶尔想到了你呵，——我的心怀

顿时像破晓的云雀从阴郁的大地

冲上了天门，歌唱起赞美诗来；

For thy sweet love remember'd such wealth brings

That then I scorn to change my state with kings.

(ll. 9–14)

我记着你的甜爱，就是珍宝，

教我不屑把处境跟帝王对调。

不同于第 29 首采取了最常用的"第三节转折"结构

（volta 出现在第三节开端处，即第 9 行），商籁第 91 首的转折段出现在第二节的正中，也即全诗的正中（第 7 行）。其论证与第 29 首的转折段大致相同，即"你的爱"胜过一切他人的荣耀，但这只是全诗的第一次转折。在这首出现得较晚的商籁中，两人的关系无疑经历了更多风雨和考验，虽然尚未斩断却变得错综复杂。对句中将出现全诗的第二次转折：虽然"我"把"你的爱"看得远胜于一切世俗荣耀，它却远非拯救一切的灵药，因为这份幸福中包含着潜在的不幸。"你"随时可以收回这份爱，使"我"落入一无所有的境地：

Thy love is better than high birth to me,
Richer than wealth, prouder than garments'costs,
Of more delight than hawks and horses be;
And having thee, of all men's pride I boast:
对于我，你的爱远胜过高门显爵，
远胜过家财万贯，锦衣千柜，
比猎鹰和骏马给人更多的喜悦；
我只要有了你呵，就笑傲全人类。

Wretched in this alone, that thou mayst take
All this away, and me most wretched make.

只要失去你，我就会变成可怜虫，

你带走一切，会教我比任谁都穷。

　　无独有偶，恰似第29首以一种鸟儿（云雀）为核心比
喻，第91首虽然不是前者那样单纯的情诗，却同样让一类
鸟儿两度登场，成为"他人的幸福"和俗世荣耀的代表，
这种鸟便是猎鹰（hawk）。作为英式打猎中最常见的鸟类，
鹰隼家族是莎士比亚戏剧和诗歌中被刻画得最为入木三分
的禽鸟之一。莎士比亚精通各种驯鹰的专业术语，个别学
者甚至认为出生乡间的他本人可能就精通驯鹰术。[1]《亨利
六世·中篇》第二幕第一场为我们呈现了一场王家鹰猎刚
结束时，各位参与人意犹未尽的讨论：

Queen Margaret:

Believe me, lords, for flying at the brook,

I saw not better sport these seven years' day:

Yet, by your leave, the wind was very high;

And, ten to one, old Joan had not gone out.

King Henry VI:

But what a point, my lord, your falcon made,

And what a pitch she flew above the rest!

To see how God in all his creatures works!

1　阿奇博尔德·盖基，《莎士比亚
的鸟》，第45页。

Yea, man and birds are fain of climbing high.

Suffolk:

No marvel, an it like your majesty,

My lord protector's hawks do tower so well;

They know their master loves to be aloft,

And bears his thoughts above his falcon's pitch.

Gloucester:

My lord, 'tis but a base ignoble mind

That mounts no higher than a bird can soar. (ll.1–14)

玛格莱特王后：真的，众位大人，放鹰捉水鸟，要算是七年以来我看到的最好的娱乐了；不过，诸位请看，这风是太猛了些，我看约安那只鹰，多半是未必能飞下来捉鸟儿的。

亨利王：贤卿，您的鹰紧紧地围绕在水鸟集中的地方回翔，飞得多么好呀，它腾空的高度，别的鹰全都比不上。看到这鸢飞鱼跃，万物的动态，使人更体会到造物主的法力无边！你看，不论人儿也好，鸟儿也好，一个个都爱往高处去。

萨福克：如果陛下喜欢这样，那就怪不得护国公大人养的鹰儿都飞得那么高了。它们都懂得主人爱占高枝儿，它们飞得高，他的心也随着飞到九霄云外了。

葛罗斯特：主公，若是一个人的思想不能比飞鸟上升得更高，那就是一种卑微不足道的思想。

用猎鹰运动来影射人事，并且过渡得天衣无缝，这才是莎士比亚的天才之处。在《驯悍记》第四幕第一场中，他更是将对世事和人性的洞察从容不迫地转换成驯鹰的词汇，让我们清楚地看到，对于彼特鲁乔（Petruchio）而言，女人和鹰的差别几乎不存在，驯鹰和"驯妇"完全可以使用同一套技巧："我已经开始巧妙地把她驾驭起来，希望能够得到美满的成功。我这只悍鹰现在非常饥饿，在她没有俯首听命以前，不能让她吃饱，不然她就不肯再练习打猎了。我还有一个治服这鸷鸟的办法，使她能呼之则来，挥之则去；那就是总叫她睁着眼，不得休息，拿她当一只乱扑翅膀的倔强鹞子一样对待。今天她没有吃过肉，明天我也不给她吃；昨夜她不曾睡觉，今夜我也不让她睡觉……"

严格来说，第 91 首表达的内容并未完全在对句中结束，"你会收回这一切"（thou mayst take /All this away）的可能性在下一首商籁（也即其双联诗）中将有一个感人至深的急转。

猎鹰出巡图，13世纪波斯细密画

894

你可以不择手段，把自己偷走，
原是你决定着我的生命的期限；
我的生命不会比你的爱更长久，
它原是靠着你的爱才苟延残喘。

因此我无需害怕最大的厄运，
既然我能在最小的厄运中身亡。
我想，与其靠你的任性而生存，
倒不如一死能进入较好的境况。

你反复无常也不能再来烦恼我，
我已让生命听你的背叛摆布。
我得到真正幸福的权利了，哦，
幸福地获得你的爱，幸福地死去！

但谁能这么幸福，不怕受蒙蔽？——
你可能变了心，而我还没有知悉。

But do thy worst to steal thyself away,
For term of life thou art assured mine;
And life no longer than thy love will stay,
For it depends upon that love of thine.

Then need I not to fear the worst of wrongs,
When in the least of them my life hath end.
I see a better state to me belongs
Than that which on thy humour doth depend:

Thou canst not vex me with inconstant mind,
Since that my life on thy revolt doth lie.
O! what a happy title do I find,
Happy to have thy love, happy to die!

But what's so blessed-fair that fears no blot?
Thou mayst be false, and yet I know it not.

商籁第 91 首结束于爱人终将离去，并夺走一切幸福的 可 能（Wretched in this alone, that thou mayst take/All this away, and me most wretched make）。在作为其双联诗的第 92 首中，诗人假设这种可能终于成真，但这并非这段关系的终点，至少对诗人本人而言不是。通过将评判一段关系的观测点从一时一刻拉长到"生命的终点"，诗人预言，当站在生命之终回顾一生时，爱人终究是属于自己的。

　　如诸多双联诗的下联一样，商籁第 92 首以大写的 But 开头——但不是为了否定第 91 首结尾处爱人离去的可能，却是在确认这种可能性终将实现的前提下，声称接受并拥抱这会使他成为"最不幸的人"的可能。这个 but 只能够被翻译成"尽管"：尽管偷偷离去吧，尽管造成"我"最大的不幸——由于失去"你"的爱，"我"的生命在精神意义上已经死去了。换言之，当"你"停止爱"我"的那一刻，"我"就不复存活。这种表述的镜像是，只有在失去"你"的爱时，"我"才会死去，因此"我"活着时就始终拥有你的爱，"直到生命尽头你都一定会属于我"。

But do thy worst to steal thyself away,

For term of life thou art assured mine;

And life no longer than thy love will stay,

For it depends upon that love of thine.

你可以不择手段，把自己偷走，

原是你决定着我的生命的期限；

我的生命不会比你的爱更长久，

它原是靠着你的爱才苟延残喘。

第二节继续使用上一首诗对句中和本诗第一节中的最高级表述，"所以我也就无需害怕最糟糕的伤害，/ 因为它们之中最微不足道的也能置我于死地"。根据上下文，"最糟糕的伤害"当指"你离开我"，但一切伤害中"最微不足道的"同样指"你离开我"（根据第一节的内容，"置我于死地"的正是你的离去）。这就出现了一个小小的逻辑悖论：A（最糟糕的伤害）=B（你的离开）；A 的反面（最微不足道的伤害）=B（你的离开）。热衷于制造词语迷宫的莎士比亚或许本无需我们以逻辑之名辩护，也许对诗人笔下的情偶而言，一方最小的动作或最无心的过失都足以让另一方心碎，程度不亚于彻底的离弃。比如《皆大欢喜》第四幕第一场中，奥兰多声称罗莎琳的一次皱眉就足以杀死他。本诗中，诗人亦反复强调深爱的一方在关系的每一刻中惊人的脆弱：

Then need I not to fear the worst of wrongs,

When in the least of them my life hath end.

I see a better state to me belongs

Than that which on thy humour doth depend

因此我无需害怕最大的厄运，

既然我能在最小的厄运中身亡。

我想，与其靠你的任性而生存，

倒不如一死能进入较好的境况。

在第二节后半部分，诗人已经将目光抽离了这个变幻莫测的世界（爱人的朝三暮四也属于这个世界"多变"的一部分），转而投向"一种更好的状态"或"一个更好的国度"（a better state），也就是自己死去之后天上的世界，尘世的善变和叵测够不着的世界，"你"的不断变换的脾气（上一首诗中出现过的 humour 以不同的词义再度出现）不能影响的世界。正如第三节中继续论证的，如此，"你"那"善变的心绪"也就不再能困扰我，因为"你"对"我"的"背叛"（revolt）会直接将"我"送上黄泉之路，使"我"不再为尘世间的得失所左右：

Thou canst not vex me with inconstant mind,

Since that my life on thy revolt doth lie.

O! what a happy title do I find,

Happy to have thy love, happy to die!

你反复无常也不能再来烦恼我，

我已让生命听你的背叛摆布。

我得到真正幸福的权利了，哦，

幸福地获得你的爱，幸福地死去！

我们看到，诗人就是如此完成了对自己的"哲学的慰藉"："我"度过了幸福的一生，因为活着，"我"拥有爱人的爱，死了，也就感觉不到失爱的痛苦，因此无论活着还是死去，"我"都具有"快乐的头衔"。对句中的 But 是一个假转折，全诗的论证逻辑依然没有变。人间并没有不怕玷污的美，第 13 行的潜台词是"天上却有"。"你"尽可以在人间欺骗"我"、背叛"我"，但"我"已不会知道，因为"你"的背叛一旦发生，我就已然"死去"，获得了只有天堂中才有的快乐的无知。

But what's so blessed-fair that fears no blot?

Thou mayst be false, and yet I know it not.

但谁能这么幸福，不怕受蒙蔽？——

你可能变了心，而我还没有知悉。

莎士比亚本人从未像他的朋友、同行和批评家琼森那样追求过作者权威，事实上，这种追求在都铎时期的英国往往被看作荒谬可笑的。就如在 14 世纪中古英语文学的黄金时期一样，"理查时代文学"（那些写于理查二世在位期间的作品）虽然留下了不少作家的名字——杰弗里·乔叟、约翰·高厄、威廉·兰格朗……但没能留下姓名的作者无疑更多。琼森在世时就亲自选定篇目并于 1616 年出版了《本杰明·琼森作品集》（*The Workes of Benjamin Jonson*）。在这部包括他九部剧本和一百多首诗在内的豪华对开本出版后的第二年，亨利·菲茨杰弗里（Henry Fitzgeffrey）就出言讽刺这种"歌谣集成书，剧本变作品"式的放肆，认为琼森这样的"作者野心"是时代的通病。琼森的同时代人写打油诗嘲讽琼森对作者权威的不符合时代精神的追求："请告诉我，本，奥妙何在，/ 别人称剧本，你叫作品。"[1]

　　但莎士比亚却获得了在他之前或同时代的英国作家从未能企及的持久的作者权威。和他的剧本一样，出版成册的十四行诗集是对这种权威的确认，而本诗开头的预言"直到生命尽头你都一定会属于我"（For term of life thou art assured mine）的确实现了：在诗行间，在书页中。

1 戴维·斯科特·卡斯顿，《莎士比亚与书》，第 98—99 页。

那我就活下去，像个受骗的丈夫，
假想着你还忠实；于是表面上
你继续爱我，实际上已有了变故；
你样子在爱我，心却在别的地方：

因为在你的眼睛里不可能有恨毒，
所以我不可能在那儿看出你变心。
许多人变了心，被人一眼就看出，
古怪的皱眉和神态露出了真情；

但是上帝决定在造你的时候
就教甜爱永远居住在你脸上；
于是无论你心里动什么念头，
你的模样儿总是可爱的形象。

假如你品德跟外貌不相称，不谐和，
那你的美貌就真像夏娃的智慧果！

夏娃
反情诗

So shall I live, supposing thou art true,

Like a deceived husband; so love's face

May still seem love to me, though alter'd new;

Thy looks with me, thy heart in other place:

For there can live no hatred in thine eye,

Therefore in that I cannot know thy change.

In many's looks, the false heart's history

Is writ in moods, and frowns, and wrinkles strange.

But heaven in thy creation did decree

That in thy face sweet love should ever dwell;

Whate'er thy thoughts, or thy heart's workings be,

Thy looks should nothing thence, but sweetness tell.

    How like Eve's apple doth thy beauty grow,

    If thy sweet virtue answer not thy show!

商籁第 93 首的逻辑结构是 6+6+2，这种由两个六行诗加一个对句推进论述的结构在整本诗集中并不多见。在商籁第 92 首正中的诗行（第 7—8 行）中，诗人提到自己看见一个更好的国度，胜过这个一切取决于"你"瞬息万变的脾气的世界。我们在此已经看到了尘世与天堂的对立：

I see a better state to me belongs

Than that which on thy humour doth depend

我想，与其靠你的任性而生存，

倒不如一死能进入较好的境况。

第 93 首则直接谈论那个"更幸福的境界"或"更好的国度"里发生的事，但同时也没有放弃"尘世"这条时间线。毕竟，上一首和这一首诗中诗人的死亡都不是物理层面上肉体的死亡，而是因为遭到情人背叛而陷入的精神上的象征性死亡。肉体依然将在这个世界活下去：

So shall I live, supposing thou art true,

Like a deceived husband; so love's face

May still seem love to me, though alter'd new;

Thy looks with me, thy heart in other place:

那我就活下去，像个受骗的丈夫，

假想着你还忠实；于是表面上

你继续爱我，实际上已有了变故；

你样子在爱我，心却在别的地方：

For there can live no hatred in thine eye,

Therefore in that I cannot know thy change.

因为在你的眼睛里不可能有恨毒，

所以我不可能在那儿看出你变心。

　　与死去而升天，因而保持了"快乐的无知"的精神上的"我"不同，此处在物理层面上"将会"或"决意"活下去的"我"（So shall I live），对"你"的背叛并非无知，却"像被骗的丈夫"，假装看不见爱人的心已然不在，而要维持信任的表象，满足于只是拥有"看起来依然爱我"（still seem love to me）的"你"的神情。因为"你"是如此得造化之独钟，以至于"你的目光中不可能存在恨意"（there can live no hatred in thine eye）。全诗的下一部分，也就是（逻辑上的）第二个六行诗中，诗人将俊友的目光与世人的目光进行对比。别人的"虚假心灵的历史"都会一五一十写在目光里、神情中（复数的 looks 一词可以表示两者），被造化眷顾的俊友却不具备这种"心眼合一"，无论他心中转着怎样的坏念头，脸上却始终只展示"甜蜜的爱"：

In many's looks, the false heart's history

Is writ in moods, and frowns, and wrinkles strange.

许多人变了心，被人一眼就看出，

古怪的皱眉和神态露出了真情；

But heaven in thy creation did decree

That in thy face sweet love should ever dwell;

Whate'er thy thoughts, or thy heart's workings be,

Thy looks should nothing thence, but sweetness tell.

但是上帝决定在造你的时候

就教甜爱永远居住在你脸上；

于是无论你心里动什么念头，

你的模样儿总是可爱的形象。

看起来，俊友拥有的这种"心眼分离"的天赋连女神维纳斯都不具备。对于热恋中的维纳斯而言，眼睛所看到的立刻会刺中内心，而心灵所感受到的，也立刻会反映在双眼中。当维纳斯亲眼目睹阿多尼斯被野猪刺穿的尸首，眼睛甚至因为受不了给心带去灭顶的悲伤而"逃到"了头颅深处：

她当时一看到他这样血淋漓、肉模糊，

她的眼睛就一下逃到头上幽暗的深处，

在那儿它们把职务交卸，把光明委弃，

全听凭她那骚动的脑府来安排处治。

脑府就叫它们和昏沉的夜作伴为侣，

不再看外面的景象，免得叫心府悲凄。

因为她的心，像宝座上神魂无主的皇帝，

受眼睛传来的启示，呻吟不止，愁苦欲死。

（张谷若 译）

　　回到商籁第 93 首，诗人说世人的坏心思不仅写在心情的波动中，还会写在更外在的蹙眉、皱纹等神情中，改变他的外在样貌。可俊友却被赋予了特权，没有人能从外在读透他的内心，没有人能从"你的目光／神情／外表"（looks 的第三层意思出现在第 12 行）中读出"心灵的历史"——"你"的目光（眼睛）、神情、外表中只有"甜美"。甜美的修辞已不再能掩饰诗人对俊友品德的批评："表里不一"才是"你"最大的天赋。后世继承这一主题并将之发展到极致的，要数王尔德的长篇小说《道连·格雷的画像》（*The Picture of Dorian Gray*）。小说中的美少年道连·格雷坏事做绝，却凭着爱慕他的老画家的生辉妙笔，将罪恶的印记全部转移到了自己的画像上，自己永葆青春美貌。当道连在小说结尾受不了因自己罪恶斑斑而变得丑陋不堪的画像，忍不住把刀子掷向肖像时，人与肖像的位置再度交换：道连的画像容光焕发地向他微笑，道连却面目丑陋，狰狞而死去。王尔德是铁杆莎士比亚迷，尤其沉醉于十四行诗系列中刻画的俊美青年与为他写作的诗人之间的恋情，曾写下短篇小说《W. H. 先生的肖像》(*The Portrait of Mr. W. H.*) 来探索俊美青年的身世之谜，[1] 该小说是文学史上"作为文学批评的虚构创作"最为杰出的范例之一。王尔德刻画《道连·格雷的画像》中老画家与美少年的关系时，何尝不是在向十四行诗系列中的诗人与他的俊友致敬？

在本诗最后的对句中，诗人将俊友的美比作"夏娃的苹果"，也罕见地将自己的道德立场表达得清晰直接：正如那颗来自蛇的苹果是导致夏娃受诱惑，进而导致亚当与全人类堕落的罪魁祸首，"你"的美同样会导致最严重的堕落——假如你不能用"甜美的美德"去匹配你美丽的外表。夏娃受诱惑进而劝说亚当一起偷食禁果的故事呼应了第 2 行中"受骗的丈夫"(deceived husband) 之说，而夏娃的苹果更是如同"你"的外表一般，虽然"甜美"(sweet 及其名词形式在本诗中出现了三次)，却会导致内在的堕落。

How like Eve's apple doth thy beauty grow,

---

1 后来收入王尔德的短篇小说集《亚瑟·萨维尔勋爵的罪行及其他故事》(*Lord Arthur Savile's Crime and Other Stories*) 出版。

If thy sweet virtue answer not thy show!

假如你品德跟外貌不相称，不谐和，

那你的美貌就真像夏娃的智慧果！

《夏娃》，大克拉那赫（Lucas
Cranach the Elder），1528 年

他们有力量伤人，却不愿那么做，
他们示现绝美姿容，却不滥用；
他们令人心动，自己却如磐石，
不动心、冷冰冰、漠然于诱惑；

——他们理应继承天国之福，
善于贮藏造化的珍宝，不加挥霍；
他们是自己容颜的首领和业主，
别人却是各自美貌的临时看护。

夏日之花熏染出夏日的馥郁，
本身却兀自开放又兀自凋零，
但若花儿感染了卑劣的病毒，
最低贱的野草也胜过它的尊名：

最甜美之物一作恶就最为酸臭，
腐烂的百合比野草更闻着难受。

（包慧怡 译）

They that have power to hurt, and will do none,

That do not do the thing they most do show,

Who, moving others, are themselves as stone,

Unmoved, cold, and to temptation slow;

They rightly do inherit heaven's graces,

And husband nature's riches from expense;

They are the lords and owners of their faces,

Others, but stewards of their excellence.

The summer's flower is to the summer sweet,

Though to itself, it only live and die,

But if that flower with base infection meet,

The basest weed outbraves his dignity:

For sweetest things turn sourest by their deeds;

Lilies that fester, smell far worse than weeds.

第 94 首商籁同样属于第 91—96 首这一组检视俊美青年品德的"内嵌诗",它看起来像是对第 91—93 首中似乎打算抛弃诗人的俊友的一种回应,同时又是一种普遍的人性观察。全诗没有致意对象,是诗系列中又一首罕见的无人称商籁。

这首诗的前两节四行诗赞美一种斯多葛式的自持,但并未点明任何对象,只是通篇使用第三人称复数,说那些使别人心动而自己不为所动的人(moving others, are themselves as stone, /Unmoved, cold, and to temptation slow)有福了,"他们理应继承天国之福"(They rightly do inherit heaven's graces)。诗人在这里化用了基督在登山宝训中教导"真福八端"(Beatitudes)的句式,但这种"有福"是否是为了福泽这些"不动心"的人自己,则取决于表面抽象的人性观察下,诗人是否暗有所指。联系之前和之后同属一组的几首商籁,要把俊友从这首无人称商籁的"他们"中抽离几乎是不可能的。"他们有力量伤人,却不愿那么做"(They that have power to hurt, and will do none),这是深陷恋爱中的诗人对自己似乎已变心的恋人的期许吗?是一种包装成谚语式陈述句的恳求性质的祈使句吗?而其中的悖论在于,假如不轻易动心是一种美德,假如掌管自己的美貌而不挥霍造化的馈赠是一种美德(And husband nature's riches from expense; /They are the lords and owners of their faces），那么诗歌中赞颂的这种近乎禁欲的自持，必然也会要求俊友将自己的心门对诗人关闭。一种恋爱中常见的双重标准"你只准对我动心，不能到处寻花问柳"在本诗中卑微地降格为"只要你不到处寻花问柳，那么对我不动心也没关系"。在"他们理应继承天国之福"之后，是"我"的心声：但愿"你"拥有不受任何人诱惑、不对任何人动心的美德，即使这任何人必然包括"我"。

我们不知道第三节四行诗中的"夏日之花"具体是指什么花，我们只知道它香气馥郁，但是兀自开放又兀自凋零（The summer's flower is to the summer sweet, /Though to itself, it only live and die）。此句让人想起商籁第 54 首第 10—11 行中对"犬蔷薇"（cankerbloom）的描述："它们活着没人爱，也没人观赏 / 就悄然灭亡。玫瑰就不是这样。"（They live unwoo'd, and unrespected fade; /Die to themselve. Sweet roses do not so）在第 54 首中，犬蔷薇无人凭吊地孤独死去，是因为它不像"甜美的玫瑰"那样具有芬芳的花香。而第 94 首中的"夏日之花"显然是一种有香味的花朵，并不像犬蔷薇那样只有美丽的色泽，却依然独生独死，其芬芳并未改变它无人凭吊的命运。莎士比亚对于植物知识的运用，如同他在其他博物学领域，向来没有固定模式可言，时常灵活多变。一朵花孤独开放又孤独凋谢，在商籁第 54 首中是因为没有香气，在第 94 首中却是因为香气浓郁。这是一种什么花，是诗人最偏爱的玫瑰吗？诗人在第三节四行诗后半部分以及对句中给出了答案：

But if that flower with base infection meet,

The basest weed outbraves his dignity:

但若花儿感染了卑劣的病毒，

最低贱的野草也胜过它的尊名：

For sweetest things turn sourest by their deeds;

Lilies that fester, smell far worse than weeds.

最甜美之物一作恶就最为酸臭，

腐烂的百合比野草更闻着难受。

以上四行是对拉丁文短语 *optima corrupta pessima*（直译为"最美的事物腐烂得最糟糕"）在英语中的具体演绎。恰恰因为那朵花（that flower）香气扑鼻，它也腐烂得最快，一旦染病，本来是其美德的"甜美"反而加速它的死亡；一旦溃烂，曾经馥郁的香花就比野草更难闻。而这种香花的名字是"百合"(lily, 拉丁学名 *lilium*)。"百合"这个名字在英语中造成了植物学上的大量混淆，许多并不属于百合科百合属，甚至不在百合目下的植物名字中都带有 lily 一词，比如睡莲（waterlily）、铃兰（lily of the valley）、萱草花（day lily）等，就连海百合（sea lily）这样的无脊椎棘皮动物名字中都带有"百合"的字眼。因此在莎士比亚作品中，"百合"成为仅次于玫瑰的出现次数第二多的花，也就不足为奇了，虽然莎翁使用"百合"一词时指的常常并不是真正的百合。比如《冬天的故事》(*The Winter's Tale*) 第四幕第三场中，潘狄塔（Perdita）说："现在，我最美的朋友，我希望我有几枝春天的花朵，可以适合你的年纪……以及各种的百合花，包括泽兰。"此处被归入百合的"泽兰"（fleur-de-luce，直译"光之花"）其实是鸢尾（iris），即那种被法王路易七世选作王室纹章的有着宝剑形状花瓣的花朵，因此鸢尾也被称作"路易之花"（fleur-de-Louis）。从这个名字衍生出来的 fleur-de-lis 等名字，使后世往往将鸢尾与百合混淆起来。

真正的百合仅指归于百合目百合科百合属下的花朵，所谓的 true lily 自《圣经》时代起就主要以华丽的外形闻名。《马太福音》第 6 章第 28—30 节有录："何必为衣裳忧虑呢？你想，野地里的百合花怎么长起来。它也不劳苦，也不纺线。然而我告诉你们：就是所罗门极荣华的时候，他所穿戴的还不如这花一朵呢！你们这小信的人哪！野地里的草今天还在，明天就丢在炉里，神还给它这样的妆饰，何况你们呢！"[1] 莎士比亚的同时代人、英国植物学绘画的奠基人约翰·杰拉德在其《草木志》中也提到，百合的

1 另可参见《路加福音》第 12 章第 26—29 节。

"绚烂胜过极荣华时的所罗门王"。最常出现在文学作品中的百合无疑是白百合，拉丁文学名为 lilium album 或者 lilium candidum，又叫作"圣母百合"（Madonna lily）或者"复活节百合"（Easter lily）。白百合在中世纪早期从土耳其传入英国，作为一种专门献给圣母的华美花朵，它很快成了手抄本图像中象征圣母童贞的花朵，并海量出现在"圣母领报"主题的绘画中。当莎士比亚提到"真正的百合"时，主要突出的一种核心特征是"白色"，比如商籁第98首中"我不惊异于百合的洁白"（Nor did I wonder at the lily's white），或者商籁第99首中"我怪罪百合偷走了你的素手（的白色）"（The lily I condemned for thy hand）。在戏剧中也同样如此，比如《约翰王》第四幕第二场中萨立斯伯雷的话"把纯金镀上金箔，替纯洁的百合花涂抹粉彩，紫罗兰的花瓣上浇洒人工的香水……实在是浪费而可笑的多事"——百合因其纯白而美，"为百合镀金"在莎士比亚那里成了画蛇添足、暴殄天物的代名词。

而在商籁第94首中，诗人罕见地选取了百合的气味，而非颜色，作为其核心特征，这在莎士比亚几乎全部的作品中几乎没有他例，因此格外值得我们注意。除了香水百合（Lilium casa blanca）外，百合一般不以香味被铭记，但百合腐败后的气味十分难闻，这似乎是一种被普遍接受的常识。斯蒂芬·布思评论道，任何在复活节弥撒后去教堂的人都会对这一点心知肚明。因此诗人在本诗最后一句暗示品行被玷污的俊美青年就如溃烂的百合，是一种严厉但并非惊世骇俗的指责。这是本着常识写下的诗句，目标是持有类似常识的读者。在这里，我们似乎又看见了那个在斯特拉福乡间奔跑嬉戏、嗅闻百花的顽童威廉，那个热衷于在五朔节花柱周围缠上树枝，模仿中世纪罗曼司搭起凉亭和藤架的"戏疯子"威尔。

与此同时，考虑到 lily 这个词被包括莎士比亚在内的众多诗人用来泛指一切鲜花，而莎士比亚也曾犯过把鸢尾归入百合这类错误，我们将对句中的 lilies 理解成广义上的 flowers 也未尝不可。毕竟，"百合"一词最早的词源就来自古埃及文中的"鲜花"（*hrrt*）。在第 94 这首无人称商籁中，诗人通过两个看似描述普遍人性的超长陈述句，同时迂回地暗示了希冀、祈求、警告等一系列难以言明的心情，可谓爱之深，责之切。就意象而言，百合与野草成了诗系列中最触目惊心的有机对照组之一。

英国女植物学画家普利西拉·苏珊·勃利
（Priscilla Susan Bury，1793—1869）所绘白
百合

"昔日玫瑰以其名流芳，今人所持唯玫瑰之名。"商籁第95首是一首博物诗，诗人对俊美青年的品行进行了批判，而我们将在其中看见"玫瑰"与"玫瑰之名"的斗争。

耻辱，像蛀虫在芬芳的玫瑰花心，
把点点污斑染上你含苞的美名，
而你把那耻辱变得多可爱，可亲！
你用何等的甜美包藏了恶行！

那讲出你日常生活故事的舌头，
把你的游乐评论为放荡的嬉戏，
好像是责难，其实是赞不绝口，
一提你姓名，坏名气就有了福气。

那些罪恶要住房，你就入了选，
它们呵，得到了一座多大的厅堂！
在那儿，美的纱幕把污点全遮掩，
眼见一切都变得美丽辉煌！

　　亲爱的心呵，请警惕这个大权力；
　　快刀子滥用了，也会失去其锋利。

How sweet and lovely dost thou make the shame

Which, like a canker in the fragrant rose,

Doth spot the beauty of thy budding name!

O! in what sweets dost thou thy sins enclose.

That tongue that tells the story of thy days,

Making lascivious comments on thy sport,

Cannot dispraise, but in a kind of praise;

Naming thy name, blesses an ill report.

O! what a mansion have those vices got

Which for their habitation chose out thee,

Where beauty's veil doth cover every blot

And all things turns to fair that eyes can see!

    Take heed, dear heart, of this large privilege;

    The hardest knife ill-us'd doth lose his edge.

美国女作家格特鲁德·斯泰因（Gertrude Stein）1922年出版的《地理与戏剧》（*Geography and Plays*）一书中，收录了一首她写于1913年的题为《神圣艾米莉》（*Sacred Emily*）的诗，其中有一行著名的"玫瑰金句"：Rose is a rose is a rose is a rose（"玫瑰是一朵玫瑰是一朵玫瑰是一朵玫瑰"）。斯泰因诗中的第一个 Rose 是一位女性的名字，这首诗常被后世阐释为，仅仅是喊出事物的名字，就能唤起与之相联的所有意象和情感。20世纪意大利最出色的中世纪文学研究者和符号学家之一翁贝托·埃柯的第一部小说的标题《玫瑰之名》（*Il Nome Della Rosa*, 1980）与之有异曲同工之妙。埃柯在全书末尾援引了一句拉丁文诗歌：*stat rosa pristina nomine, nomina nuda tenemus*（"昔日玫瑰以其名流芳，今人所持唯玫瑰之名"）。按照埃柯本人在《〈玫瑰之名〉注》中的说法，这句诗出自12世纪本笃会僧侣莫莱的贝尔纳（Bernard of Morlay）的作品《鄙夷尘世》（*De Contemptu Mundi*）。无论是对于贝尔纳、埃柯还是斯泰因，玫瑰这种花早就和唯名论与唯实论之争、语言的所指和能指等一系列哲学和语言学问题紧密相连；作为"一切象征的象征"，"玫瑰之名"和"玫瑰"一样重要。

本诗的结构比较特殊。虽然形式上也是典型英式商籁的 4+4+4+2 结构，但在逻辑上不能被进一步归为 8+6，即一个八行诗 + 一个六行诗的结构，因为它的第一节四行诗（quatrain），不是和第二节四行诗逻辑并行，而是跳过一节，与第三节四行诗构成平行修辞。第一节的末句"哦！你将你的罪孽藏匿在何等的甜美之中"（O! in what sweets dost thou thy sins enclose）与第三节的首句"哦！你的恶习找到了怎样一座华美的大厦"（O! what a mansion have those vices got），这两个感叹句的核心都是一个包裹、裹挟、包围（enclose）的意象。在这首诗中，俊友可爱的外貌成了他藏匿自己不良品行的一个欺骗性的空间，而他的罪过以及这种罪过带来的耻辱，就像一朵馥郁的玫瑰花心中的毛虫，玷污了他含苞欲放的美好的名誉（like a canker in the fragrant rose, /Doth spot the beauty of thy budding name）。这里的 thy budding name，字面意思是"你的名字"，实指"你的名誉"（your reputation）；耻辱如毛虫（canker）一样"玷污"（spot）了俊友的名誉，名词作动词的 spot 除了首选义项"弄脏，玷污，使得某事物蒙上斑点"，还有"发现，找出来"（find out, spot out）之意。两百多年后，英国浪漫主义灵视型诗人威廉·布莱克在写下他的名篇《病玫瑰》时，显然受到了莎士比亚这首商籁的影响。布莱克将 spot 这个词在第 95 首商籁中第二个可能的意思直接表达了出来，把毛虫描写成一个穿过夜色和风暴，去寻找并发现了玫瑰，然后钻进花心将花朵摧毁的恶意的形象：

The Sick Rose

Whilliam Blake

O Rose thou art sick.

The invisible worm,

That flies in the night

In the howling storm:

Has found out thy bed

Of crimson joy:

And his dark secret love

Does thy life destroy.

病玫瑰

威廉·布莱克

哦，玫瑰，你病了。

那隐形的蠕虫

那趁夜色飞行于

呼啸的风暴中的蠕虫

寻到了你那

The SICK ROSE

O Rose thou art sick.
The invisible worm.
That flies in the night
In the howling storm:

Has found out thy bed
Of crimson joy:
And his dark secret love
Does thy life destroy.

布莱克《病玫瑰》文本及诗人自绘版画，收入
其 1794 年出版的《经验之歌》

蔷薇色欢愉的卧床：

而他晦暗的秘密的爱

摧毁了你的生命。

（包慧怡 译）

　　布莱克这首《病玫瑰》的象征空间比莎士比亚的商籁第 95 首更广阔，玫瑰和蠕虫的所指都有诸多阐释空间，但商籁第 95 首当仁不让是《病玫瑰》在奇喻和择词上的先行者。莎氏在第二节四行诗中直白地点明，未来的人会纷纷议论俊美青年的不端品行，"那讲出你日常生活故事的舌头，/ 把你的游乐评论为放荡的嬉戏"，下面两行中出现了全诗的关键性转折："好像是责难，其实是赞不绝口，/ 一提你姓名，坏名气就有了福气。"（Cannot dispraise, but in a kind of praise; /Naming thy name, blesses an ill report.）这些未来时代的舌头想要斥责 "你"（dispraise），结果却不得不赞美 "你"（praise），因为光是提到 "你" 的芳名，就让 "坏名气" 受到了祝福。这就构成了一个悖论："你" 的外表如此美好，以至于 "你的名字" 已经和一切美好紧密联系在一起，如果有人为了贬损 "你" 而提到 "你的名字"，只能在听众那里引起对美好事物的联想和代入。"说出你的名字"（Naming thy name），这里的第二个 name 不再是名誉（reputation），而就是 "你的姓名"。

从《圣经》到中世纪罗曼司，说出一个人的名字永远是一种具有象征意义的仪式。莎士比亚在本诗中仿佛站到了中世纪经院哲学中唯名论（nominalism）的反面，成了一个唯实论或称实在论者（realist），相信普遍的"共相"（universals）是真实的、独立于个别事物的存在。在此诗的语境中，意即"你"的美，是先于"你"这个人具体而易逝生命的、单独不朽的存在。哪怕"你"已经死去，由于在"你的名字"里就包含"你"全部的美，只需念出那个名字，就可以让全部的美复活。"你"的美是外在于"你"而独立存在的一种理念。这种实在论的观点起于柏拉图。相反，按照唯名论的看法，仅仅"说出你的名字"并不会产生任何"美"的效果，更不能为贬抑的话语蒙上祝福，因为名字就只是名字而已；"玫瑰之名"仅仅是一个名字，随着"你"这朵个体的玫瑰死去，"你"所具有的美也就随着"你"的生命一同终止，不再能对这个没有"你"的世界产生任何影响——这是商籁第 95 首所极力否认的。

恰恰因为"说出你的名字"就能唤起普遍的、共相的美，恰恰因为"玫瑰之名"和玫瑰本身一样重要，甚至更重要，诗人在诗末暗示，与"名字"用同一个词表达的"名声"（name）也一样重要，并终于在最后的对句中发出忠告："亲爱的心呵，请警惕这个大权力；/ 快刀子滥用了，也会失去其锋利。"顾忌"你"这具有赦罪功能的名字吧，像玫瑰提防毛虫那样，务必小心保全"你的名声"。Rose is a rose is a rose is a rose，玫瑰的名字就是一朵玫瑰。对于一位金玉其外败絮其中的爱人，诗人能给的也只是这份隐藏在顶礼膜拜之下的温和的警告：玫瑰啊，珍惜"你的名誉"吧，就如"你"理应珍惜"你的名字"。

有人说，你错在青春，有点儿纵情；

有人说，你美在青春，风流倜傥；

你的美和过错见爱于各色人等：

你把常犯的过错变成了荣光。

好比劣等的宝石只要能装饰

宝座上女王的手指就会受尊敬；

这些能在你身上见到的过失

也都变成了正理，被当作好事情。

多少羔羊将要被恶狼陷害呵，

假如那恶狼能变作羔羊的模样！

多少爱慕者将要被你引坏呵，

假如你使出了全部美丽的力量！

　　但是别这样；我这么爱你，我想：

　　你既然是我的，我就有你的名望。

Some say thy fault is youth, some wantonness;

Some say thy grace is youth and gentle sport;

Both grace and faults are lov'd of more and less:

Thou mak'st faults graces that to thee resort.

As on the finger of a throned queen

The basest jewel will be well esteem'd,

So are those errors that in thee are seen

To truths translated, and for true things deem'd.

How many lambs might the stern wolf betray,

If like a lamb he could his looks translate!

How many gazers mightst thou lead away,

if thou wouldst use the strength of all thy state!

But do not so; I love thee in such sort,

As, thou being mine, mine is thy good report.

我们或许还记得，商籁第33—36首是莎士比亚十四行诗系列中的一组"内嵌诗"，这四首诗在整本诗集中第一次谈及俊美青年的缺陷，以及他对诗人的某种背叛，以宣告二人分手的第36首（《分手情诗》）收尾；而第36首则以对俊友的规劝收尾：

But do not so; I love thee in such sort,

As, thou being mine, mine is thy good report. (ll.13–14)

但是别这样；我这么爱你，我想：

你既然是我的，我就有你的名望。

我们不难注意到，商籁第96首以一模一样的两行诗收尾，同时，第96首也是第91—96首这组进一步分析俊美青年品格缺陷的"内嵌诗"中的最后一首。相隔整整60首十四行诗，第96首与第36首这共享的对句是诗人的苦心经营，还是印刷商的疏漏导致的错印？考虑到两首诗在主题上的相似，在整个诗系列中对称的承前启后，以及在各自"内嵌诗"中的位置，后一种看法似乎让人难以置信。但我们也不得不承认，这一对句用在第96首末尾不如在第36首末尾那般浑然天成，虽然两者的核心都是一个否定祈使句："不要这样。"屠译对这两度出现的对句原样复制：

But do not so; I love thee in such sort,

As, thou being mine, mine is thy good report.

但是别这样；我这么爱你，我想：

你既然是我的，我就有你的名望。

最后一行中 report 的意思更接近"声誉，名声"（reputation），虽然字面写的是"我的好名声也属于你"，但根据上下文"你属于我"的逻辑，此句更偏重的是其镜像表达："你的好名声也属于我。"在第 36 首中，这一"别这样"的规劝上接"为了你的好名声不被玷污，不要再公开赐我尊荣"（Nor thou with public kindness honour me,/Unless thou take that honour from thy name），从 name 到 report 的近义词过渡得十分自然。但在第 96 首中，对句之前两行表达的是，"你"是如此具足魅惑的能力，如果"你"使出全力，将有多少人误入歧途（How many gazers mightst thou lead away, /if thou wouldst use the strength of all thy state）。从而引出对句中的规劝：别这么做，因为"我这么爱你"，要替"你"顾惜名誉。这首诗所呈现的俊友的核心问题并不在于第一节四行诗中指明的，表面的少不更事（youth）、风流（gentle sport），或者放荡（wantonness），而在于具有欺骗能力，能够让美德变成缺陷，又让缺陷看起来像美德，就像第一节的最后一句模棱两可的句式所写：Thou mak'st faults graces that to thee resort。语法层面上，这句既可以解作"你将一切向你簇拥而至的缺陷化作美德"（You turn all faults into graces that throng around you），也可以解作"你将一切环绕你的美德变成缺陷"（You convert all graces that happen to resort to you into faults），两种相反的解释在莎氏灵活的句式中都是成立的。

这就将我们带到本诗的核心动词"translate"，今天我们通常取它"翻译"这个义项，它来自中古英语动词 translaten，其拉丁文词源 *translatus* 是由 *trans-*（across，"越过，渡过"）加上 *ferre*（to carry, to bring，"携带，护送"）演变而来的（*latus* 是动词 *ferre* 的不规则被动过去分词）。因此，在 translate 的词源中就含有将 A 带到 B 那里去、让 A 处在 B 的位置、让 A 看起来就像 B 甚至变身为 B 的古老含义，这一含义恰恰串起了这首商籁第二节和第三节四行诗的两个关键意象：戴戒指的女王和披着羊皮的狼。

As on the finger of a throned queen

The basest jewel will be well esteem'd,

So are those errors that in thee are seen

To truths translated, and for true things deem'd.

好比劣等的宝石只要能装饰

宝座上女王的手指就会受尊敬；

这些能在你身上见到的过失

也都变成了正理，被当作好事情。

　　正如再劣质的宝石一旦套上女王的手指，就会和女王一样备受尊崇，"你"也能让错误"变身"（translate）为真理，看起来像真理，受到和真理一样的对待。类似地，如果狼能够变更它的外表（his looks translate）而看起来像是一只绵羊，那么将会有多少绵羊受到欺骗！

How many lambs might the stern wolf betray,

If like a lamb he could his looks translate!

多少羔羊将要被恶狼陷害呵，

假如那恶狼能变作羔羊的模样！

　　擅长 translate，擅长变形的、魔法师一样的"你"，究竟是戴着廉价戒指的女王，还是披着羊皮的狼？"你"究竟只是外部的添加，还是内在的天性？我们不难看出，如果是前者，那么就如女王摘下劣质戒指之后还是女王，这"最低劣的宝石"（basest jewel）将无损"你"美好的本性；如果是后者，那性质就严重得多，如果女王只是无意中为本无价值的戒指抬高了身价，化身为羊的狼就是志在蓄意欺骗，是用"translate"这门手艺来有意作恶。此处对《新约》相关章节的影射十分明显："你们要防备假先知。他们到你们这里来，外面披着羊皮，里面却是残暴的狼。"（《马太福音》7：15）基督提醒众人防备假先知的欺骗，"假先知"是非常严重的罪名。《新约》中另有《约翰福音》涉及狼与羊的关系："我是好牧人；好牧人为羊舍命。若是雇工，不是牧人，羊也不是他自己的，他看见狼来，就撇下羊逃走；狼抓住羊，赶散了羊群。雇工逃走，因他是雇工，并不顾念羊。我是好牧人；我认识我的羊，我的羊也认识我，正如父认识我，我也认识父一样；并且我为羊舍命。"（《约翰福音》10：11–15）基督再次自比为保护羊群的好牧人，也暗示了自己同道貌岸然的、羊皮狼心的假先知的决定性差别。

伊丽莎白一世对昂贵珠宝首饰的爱好家喻户晓，我们从她的众多肖像画中可以窥其一斑。诗人在商籁第96首中没有明说的期许是，"你"这位美丽的"变形"大师（master of translation）啊，愿"你"的缺陷就如女王手上的戒指，随时可以脱下而无损女王的荣光。愿"你"只是一位偶然疏忽，不小心佩戴了廉价珠宝的女王；可千万别成为乔装打扮的狼，哪怕看在"我"对"你"的爱的份上，千万"别这样"（do not so）。

伊丽莎白一世的登基肖像，由匿名艺术家作于
1600 年左右。画上身披貂皮的女王白皙的双手
上共戴有三枚宝石戒指

女王生前日常佩戴得最多的戒指，戒圈主体为黄金
镶嵌红宝石，戒面外部由钻石镶嵌的字母E与蓝色
珐琅镶嵌的字母R组成女王的拉丁文头衔与名：
Regina Elisabetha，"伊丽莎白女王"

戒面打开后是女王本人的宝石浮雕
胸像及其生母安·博林（上）的
微缩画像

不在你身边，我就生活在冬天，
你呵，迅疾的年月里唯一的欢乐！
啊！我感到冰冷，见到阴冻天！
到处是衰老的十二月，荒凉寂寞！

可是，分离的时期，正夏日炎炎；
多产的秋天呢，因受益丰富而充实，
像死了丈夫的寡妇，大腹便便，
孕育着春天留下的丰沛的种子：

可是我看这繁茂的产物一齐
要做孤儿——生来就没有父亲；
夏天和夏天的欢娱都在伺候你，
你不在这里，连鸟儿都不爱歌吟；

　　鸟即使歌唱，也带着一肚子阴霾，
　　使树叶苍黄，怕冬天就要到来。

943

How like a winter hath my absence been

From thee, the pleasure of the fleeting year!

What freezings have I felt, what dark days seen!

What old December's bareness everywhere!

And yet this time removed was summer's time;

The teeming autumn, big with rich increase,

Bearing the wanton burden of the prime,

Like widow'd wombs after their lords' decease:

Yet this abundant issue seem'd to me

But hope of orphans, and unfather'd fruit;

For summer and his pleasures wait on thee,

And, thou away, the very birds are mute:

 Or, if they sing, 'tis with so dull a cheer,

 That leaves look pale, dreading the winter's near.

在第 91—96 首这组哀叹分别，并集中审视和质疑俊美青年的品行的内嵌组诗之后，在以商籁第 97 首为首的三首诗中，诗人在俊友的缺席中继续思念着对方。无论此前诗人受到了如何不公正的对待，此刻在分别中，他所能追忆起的唯有两人在一起时的欢乐时光；俊友在场或不在场，对于诗人就是春夏与秋冬的差别。本诗起于冬日，终于冬日。莎士比亚笔下的冬天意味着什么，我们从《爱的徒劳》(*Love's Labour Lost*) 第五幕第二场中的《冬之歌》里可以看个大概：

> When icicles hang by the wall
>
> And Dick the shepherd blows his nail
>
> And Tom bears logs into the hall
>
> And milk comes frozen home in pail,
>
> When blood is nipp'd and ways be foul,
>
> Then nightly sings the staring owl, Tu-whit;
>
> Tu-who, a merry note,
>
> While greasy Joan doth keel the pot.
>
> When all aloud the wind doth blow
>
> And coughing drowns the parson's saw
>
> And birds sit brooding in the snow
>
> And Marian's nose looks red and raw,

When roasted crabs hiss in the bowl,

Then nightly sings the staring owl, Tu-whit;

Tu-who, a merry note,

While greasy Joan doth keel the pot. (ll.890–916)

当一条条冰柱檐前悬吊，

汤姆把木块向屋内搬送，

牧童狄克呵着他的指爪，

挤来的牛乳凝结了一桶，

刺骨的寒气，泥泞的路途，

大眼睛的鸱鸮夜夜高呼：

哆呵！

哆喊，哆呵！它歌唱着欢喜，

当油垢的琼转她的锅子。

当怒号的北风漫天吹响，

咳嗽打断了牧师的箴言，

鸟雀们在雪里缩住颈项，

玛利恩冻得红肿了鼻尖，

炙烤的螃蟹在锅内吱喳，

大眼睛的鸱鸮夜夜喧哗：

哆呵！

哆喊，哆呵！它歌唱着欢喜，

当油垢的琼转她的锅子。

（朱生豪 译）

在商籁第 97 首第一节中，严冬是爱人在彼此生命中缺席的季节，诗人称俊友为"四季流年中的欢欣"。当俊友不在时他便身处"十二月"，能感受到的唯有冰冻、僵硬和黑暗，放眼所及均是空空落落，万物萧索：

How like a winter hath my absence been

From thee, the pleasure of the fleeting year!

What freezings have I felt, what dark days seen!

What old December's bareness everywhere!

不在你身边，我就生活在冬天，

你呵，迅疾的年月里唯一的欢乐!

啊! 我感到冰冷，见到阴冻天!

到处是衰老的十二月，荒凉寂寞!

第二节中，诗人回溯冬天之前的季节，也就是他与俊友分离的季节：夏季（And yet this time removed was summer's time）。夏季作为英格兰最风和日丽的季节，似乎比春季更常被莎士比亚用来作为严冬的对立面呈现，比如《冬天的故事》第四幕第三场的前 12 行：

When daffodils begin to peer,

With heigh! the doxy over the dale,

Why, then comes in the sweet o' the year;

For the red blood reigns in the winter's pale.

The white sheet bleaching on the hedge,

With heigh! the sweet birds, O, how they sing!

Doth set my pugging tooth on edge;

For a quart of ale is a dish for a king.

The lark, that tirra-lyra chants,

With heigh! with heigh! the thrush and the jay,

Are summer songs for me and my aunts,

While we lie tumbling in the hay. (ll.1–12)

当水仙花初放它的娇黄，

嗨！山谷那面有一位多娇；

那是一年里最好的时光，

严冬的热血在涨着狂潮。

漂白的布单在墙头晒晾，

嗨！鸟儿们唱得多么动听！

引起我难熬的贼心痒痒，

有了一壶酒喝胜坐龙艇。

听那百灵鸟的清歌婉丽，

嗨！还有画眉喜鹊的叫噪，

一齐唱出了夏天的欢喜，

当我在稻草上左搂右抱。

（朱生豪　译）

　　刚读完这一节的读者或许会困惑此处描写的到底是春还是夏，诗人同时书写了初春的花朵和春夏的禽鸟，字面上却只出现了"summer"（夏日）。我们在著名的以"我能否将你比作夏日的一天"开篇的商籁第18首（《夏日元诗》）中分析过，summer 一词在中世纪和早期现代英语中可以表示春分到秋分之间所有和煦的时节，在诗人笔下，这个词通常就意味着"冬日"（winter）的反面。冬日有多么严苛和不受欢迎，夏日就有多么兼具春的和煦、夏的温暖和秋的丰饶。也是在这一词源背景下，我们才能理解为何在下一首商籁（第98首）中，诗人转而就将与俊友分别的季节从本诗的"夏日"改作了"春日"：于诗人而言，summer 本来就可以涵盖 spring，两者在特定语境下甚至可以互换。

From you have I been absent in the spring,

When proud-pied April, dress'd in all his trim,

Hath put a spirit of youth in every thing,

That heavy Saturn laugh'd and leap'd with him. (ll.1–4,

Sonnet 98)

在春天，我一直没有跟你在一起，

但见缤纷的四月，全副盛装，

在每样东西的心头点燃起春意，

教那悲哀的土星也同他跳，笑嚷。

回头来看商籁第 97 首的第二节，紧随着离别的夏日
而来的是丰收的秋日，莎士比亚笔下的秋日通常是丰饶角
（cornucopia）一般的存在，在本节中也被描写为"硕果累
累而体态膨胀"。但诗人却为这金黄的季节抹上了不祥的色
彩，说与你离别不久之后的秋日尽管丰盈，却如同夫君死
去之后的寡妇的肚皮：

And yet this time removed was summer's time;

The teeming autumn, big with rich increase,

Bearing the wanton burden of the prime,

Like widow'd wombs after their lords'decease

可是，分离的时期，正夏日炎炎；

多产的秋天呢，因受益丰富而充实，

像死了丈夫的寡妇，大腹便便，

孕育着春天留下的丰沛的种子

莎士比亚在商籁第 73 首（《秋日情诗》）的第一节中也书写过秋日的暗面，在那首诗中，秋季象征着盛极而衰，也是死亡和冬日的先驱：

That time of year thou mayst in me behold

When yellow leaves, or none, or few, do hang

Upon those boughs which shake against the cold,

Bare ruin'd choirs, where late the sweet birds sang. (ll. 1–4)

你从我身上能看到这个时令：

黄叶落光了，或者还剩下几片

没脱离那乱打冷颤的一簇簇枝梗——

不再有好鸟歌唱的荒凉唱诗坛。

商籁第 97 首中秋日的丰产若是寡妇的子宫（widow'd wombs），其诞生下的遗腹子也就注定是没有父亲的孤儿，也就是第三节中说的，由于"你"不在，秋日的后代成了"没有父亲的果实"和"孤儿的希望"（Yet this abundant issue seem'd to me/But hope of orphans, and unfather'd fruit）。诗人再次使用婚姻关系的词汇，几乎暗示自己是丈夫死去后大腹便便的寡妇，而那"没有父亲的果实"，或许就是他在分离中写下的这些十四行诗。正因为"夏日和他所有的欢愉"都如同围着"你"忙碌的随从，当"你"缺席，连鸟儿都停止啼叫或是只能勉强发出乏味的嘶鸣，树叶褪色，甚至变得"苍白"，"畏惧着即将来临的冬日"。

For summer and his pleasures wait on thee,

And, thou away, the very birds are mute:

夏天和夏天的欢娱都在伺候你，

你不在这里，连鸟儿都不爱歌吟；

Or, if they sing, 'tis with so dull a cheer,

That leaves look pale, dreading the winter's near.

鸟即使歌唱，也带着一肚子阴霾，

使树叶苍黄，怕冬天就要到来。

商籁第 97 首起于冬日而终于冬日，冬日是现状，夏日是追忆。这里的夏日是广义的夏日，除一般的夏季外，还包括春季和秋季的一部分。换言之，有"你"在的季节全部是夏日，与"你"分别后，岁时才逐渐转入秋冬，直至"你"的彻底缺席带来一无所有的寒冬。

《四季·春》，阿奇姆博多（Giuseppe Arcimboldo），1563 年

在春天，我一直没有跟你在一起，
但见缤纷的四月，全副盛装，
在每样东西的心头点燃起春意，
教那悲哀的土星也同他跳，笑嚷。

可是，无论是鸟儿的歌谣，或是
那异彩夺目、奇香扑鼻的繁花
都不能使我讲任何夏天的故事，
或者把花儿从轩昂的茎上采下：

我也不惊叹百合花晶莹洁白，
也不赞美玫瑰花深湛的红色；
它们不过是仿造你喜悦的体态
跟娇美罢了，你是一切的准则。

　　现在依然像冬天，你不在旁边，
　　我跟它们玩，像是跟你的影子玩。

From you have I been absent in the spring,
When proud-pied April, dress'd in all his trim,
Hath put a spirit of youth in every thing,
That heavy Saturn laugh'd and leap'd with him.

Yet nor the lays of birds, nor the sweet smell
Of different flowers in odour and in hue,
Could make me any summer's story tell,
Or from their proud lap pluck them where they grew:

Nor did I wonder at the lily's white,
Nor praise the deep vermilion in the rose;
They were but sweet, but figures of delight,
Drawn after you, you pattern of all those.

    Yet seem'd it winter still, and you away,
    As with your shadow I with these did play.

诗人在商籁第 98 首中继续诉说与俊友分离的忧伤。第一节和第二节四行诗，基本上是对始自中世纪的"归春诗"（reverdie）传统的承继，其措辞仿佛直接化用比莎士比亚写作时间早两百年的"英国诗歌之父"杰弗里·乔叟的《坎特伯雷故事集》之《序诗》的开篇。以中古英语写就的《坎特伯雷故事集》之《序诗》开门见山地描写了春回大地的美景，为朝圣者们启程去坎特伯雷奠定了气候和心情上的欢快氛围（参见商籁第 27 首解读）。

对比之下，我们不难看到莎士比亚在商籁第 98 首中对乔叟的《序诗》作了怎样重大的改写。虽然时间同样是春满人间、色彩斑斓的四月（From you have I been absent in the spring, /When proud-pied April, dress'd in all his trim），虽然新春同样给万物重新注入生机，连象征老年、迟缓、忧郁、严苛的土星（Saturn，同时也是时间之神克罗诺斯的另一个名字）都跟着活蹦乱跳（Hath put a spirit of youth in every thing, /That heavy Saturn laugh'd and leap'd with him），但这一切的鸟语花香"都不能让我诉说任何夏日的故事"（Yet nor the lays of birds, nor the sweet smell/Of different flowers in odour and in hue, /Could make me any summer's story tell）。这一切都是因为"你"的缺席。"你"带走了所有可能被"我"感知到的春日。

第三节四行诗中出现了一组重要的植物与色彩的并列：

红色的玫瑰与白色的百合。就文化史角度而言，色彩从来不是独立存在的，只有当一种颜色与其他色彩相互对照、关联、并列时，它才具有艺术、社会、政治和象征上的意义。在中世纪附着于花卉的色彩象征体系中，红玫瑰几乎总是象征基督的殉道或者慈悲，白百合则是圣母童贞和纯洁的象征，因此我们会在无数时辰书（book of hours）或诗篇集（psalter）的"天使报喜"页上，看到天使手中持着，或是圣母脚边放着白色的百合花束，而红玫瑰则遍布手抄本的页缘。但在这类页缘画（marginalia）上，有时会同时布满红玫瑰与白玫瑰，起到同样的象征作用，在这里，白色的玫瑰成了白百合的一个替代物，与红玫瑰一起构成一种以花朵形式出现的福音双重奏。这种色彩征体系在中世纪晚期至文艺复兴早期的印刷书本中依然十分常见，莎士比亚对此绝不陌生。

到了莎士比亚写作前期的都铎王朝，红玫瑰和白玫瑰的并置在上述图像学象征之外，具有了另一重极其醒目的政治内涵——这一次，它直接出现在王室的族徽上，以红白相间的"都铎玫瑰"（Tudor Rose）的形式，被保存在伊丽莎白的诸多肖像画和珠宝装饰中。双色的"都铎玫瑰"是两大有王室血统的家族的纹章合并的结果：兰开斯特家族的红玫瑰，以及约克家族的白玫瑰。红白相间的"都铎玫瑰"通常被表现为外层的红玫瑰包裹中心的白玫瑰，有时也将一朵玫瑰四等分，相邻交错涂成红色和白色。

历史上，所谓"都铎玫瑰"其实是都铎王朝开国之君亨利七世（伊丽莎白一世的祖父）用来为自己的继承权合法性背书而"发明"的一种宣传形象。出自兰开斯特家族旁支的亨利·都铎（Henry Tudor，亨利七世登基前的名字）在博斯沃思平原一役击败理查三世后，娶了约克家族的伊丽莎白（Elizabeth of York）为王后，结束了金雀花王朝两大家族间延续三十余年的王权之争，即所谓红白玫瑰对峙的"玫瑰战争"（Wars of the Roses）。但今天的史学家认为，"玫瑰战争"的提法和"都铎玫瑰"一样，都是胜利者亨利七世为自己并不那么合法的登基谋求民众支持的发明：约克家族的确曾以白玫瑰为族徽，但兰开斯特家族在亨利登基前几乎从未以玫瑰为族徽（更常用的是羚羊），即使偶然在族徽上使用玫瑰，通常也是一朵金色而非红色的玫瑰。15世纪的英国人从未将这场他们亲身经历的旷日持久的内战称作"玫瑰战争"，而战胜者亨利七世就通过以一朵双色玫瑰为族徽——"都铎玫瑰"又称"大一统玫瑰"（Union Rose）——巧妙地自命为结束红白纷争的英雄、两大家族合法的联合继承人，在王朝开辟伊始就打赢了英国历史上最漂亮的宣传战之一。

于是都铎王朝的那些擅长审时度势的作家们——以莎士比亚为个中翘楚——都成了这场宣传战中得力的骑手。

莎士比亚曾在《理查三世》《亨利六世》等历史剧中全面贬低亨利七世曾经的对手，亦对红白玫瑰合并为"大一统玫瑰"的故事津津乐道，并在诸如商籁第98首、第99首这样的短诗中看似无心，实则巧妙地多次提及这种"红白战争"，潜移默化地为都铎王朝的统治合法性背书。此外，通过无数朵在教堂里、屋檐上、手稿中绽放的"都铎玫瑰"，这朵"红白相间的玫瑰"自此成了英格兰正统王权的象征，至今仍可在英国皇家盾形纹徽、英国最高法院的纹章乃至伦敦塔守卫的制服上看到。

回到商籁第98首，当诗人写下"我不惊艳于百合花的洁白，也不赞美玫瑰的深红"（Nor did I wonder at the lily's white, /Nor praise the deep vermilion in the rose），从字面上看，他仍是在完成一种恋爱的修辞：这两种花朵虽然美，却只是一种赏心悦目的肖像（figure），而它们摹仿的对象正是"你"，"你"是一切美好事物的原型（They were but sweet, but figures of delight, /Drawn after you, you pattern of all those）。这里，莎士比亚俨然是一个柏拉图主义者，相信世上存在 sweet（美好）和 delight（悦人）的"原型"（pattern），一种凌驾于个别具体事物之上的品质性的理念，而"你"恰恰被比作了这种柏拉图式"美好"和"悦人"的理念，一切尘世间美好和悦人的事物不过是对"你"不够完美的"摹仿"（drawn after you）。

这也就引出了最后对句中所谓"你的影子"之说：因为"你"不在，这世上的一切在"我"看来皆是寒冬，而"我"也只好将就与红玫瑰和白百合嬉戏一番，虽然它们不过是对"你"的苍白的摹仿，"你"的影子，"你"的肖像（Yet seem'd it winter still, and you away, /As with your shadow I with these did play）。红玫瑰与白百合虽美，甚至是王室族徽的变体，但它们都不能取代诗人的俊友，因为俊友是一切美好事物之源。对"我"而言，只有"你"能带来真正的春天。

莎士比亚在《亨利六世》中生动地描绘了
引爆"玫瑰战争"的著名场景：约克公爵
摘下一朵白玫瑰表明支持约克家族，而
索姆赛特公爵摘下一朵红玫瑰表明支持
兰开斯特家族。历史上从未发生这一幕。

"都铎玫瑰"王室徽章，
被亨利七世以来至今的
每一任英格兰国君使用

我把早熟的紫罗兰这样斥责：
甜蜜的小偷，你从哪里窃来这氤氲，
若非从我爱人的呼吸？这紫色
为你的柔颊抹上一缕骄傲的红晕，
定是从我爱人的静脉中染得。

我怪罪那百合偷窃你的素手，
又怪马郁兰蓓蕾盗用你的秀发；
玫瑰们立在刺上吓得瑟瑟发抖，
一朵羞得通红，一朵绝望到惨白，

第三朵，不红也不白，竟偷了双方，
还在赃物里添上一样：你的气息；
犯了盗窃重罪，它正骄傲盛放，
却被一条复仇的毛虫啃啮至死。

    我还看过更多花儿，但没见谁
    不曾从你那儿窃取芬芳或色彩。

（包慧怡 译）

商籁
第 99 首

———————

"物种起源"
博物诗

The forward violet thus did I chide:
Sweet thief, whence didst thou steal thy sweet that smells,
If not from my love's breath? The purple pride
Which on thy soft cheek for complexion dwells
In my love's veins thou hast too grossly dy'd.

The lily I condemned for thy hand,
And buds of marjoram had stol'n thy hair;
The roses fearfully on thorns did stand,
One blushing shame, another white despair;

A third, nor red nor white, had stol'n of both,
And to his robbery had annex'd thy breath;
But, for his theft, in pride of all his growth
A vengeful canker eat him up to death.

    More flowers I noted, yet I none could see,
    But sweet, or colour it had stol'n from thee.

商籟第 99 首是整本十四行诗集中唯一一首"增行商籟",比标准商籟多一行。

传记作家比尔·布赖森(Bill Bryson)在 2008 年出版的《莎士比亚:世界舞台》(*Shakespeare: the World as a Stage*)中告诉我们,莎士比亚的作品中共出现过一百八十种植物。莎翁描述它们的方法当然不是简单机械的、炫耀学识的罗列,而是为每一种植物都注入独特的生命,赋予它们无可替代的艺术生机。在短短十四行中出现了大量花卉的商籟第 99 首就是一个很好的例子。诗人在这首商籟中为我们提出了一系列虚构的"物种起源"(myth of origin)问题:"紫罗兰的紫色来自哪里? 百合花的白色呢? 红白玫瑰的芬芳来自哪里?"为了赞颂爱人,诗人不惜重新定义万物的起源。通过指责各种花卉犯下的林林总总的"偷窃罪","花式表达"对俊友的毫无保留的赞美。

第一节四行诗中,诗人斥责紫罗兰是"甜蜜的小偷",说它从自己的爱人那里偷走了两样东西:一是甜蜜的花香,偷自"我"爱人的呼吸;二是脸颊上的血色(即紫罗兰花瓣的颜色),偷自"我"爱人的静脉(The purple pride/ Which on thy soft cheek for complexion dwells /In my love's veins thou hast too grossly dy'd)。purple 一词在莎士比亚时代涵盖从紫红、猩红、品红到粉紫的广大色谱,紫色自古又是皇室的色彩,"紫色的骄傲"这个组合搭配暗示紫罗兰借着偷来的色彩颐指气使，挪用不属于自己的高贵。

第二节四行诗中，诗人首先指责百合花从"你"的手中偷窃（The lily I condemned for thy hand）——也就是说，从"你"雪白的双手中偷走白色。中世纪和文艺复兴文学中的百合花在没有色彩形容词限定时，几乎一律是指白百合，又称圣母百合，其象征意义（纯洁和童贞）也由来已久，正如我们在商籁第98首中看到的。这一行回答了没有用问句表达的、关于百合的白色来自何处的"物种起源"问题。《诗经·卫风》中《硕人》一诗有类似描绘——"手如柔荑，肤如凝脂"，"荑"为白茅之芽。古今中外，一双白皙的手几乎是美人的标配，比如中世纪亚瑟王罗曼司中"美人伊莲"（Elaine the Fair）这一角色，其别号是"白手伊莲"（Elaine of White Hands）。

下一行中，诗人责备马郁兰的蓓蕾"偷走了你的头发"（And buds of marjoram had stol'n thy hair），对于这一句到底指"你"身上的什么外表特征被盗了，学界一直争论不休。马郁兰（*origanum majorana L.*）是一种唇形花科、牛至属的开花草本植物，又称墨角兰或者马娇莲——这些都是音译，其实它既不是兰花也不是莲花。马郁兰在汉语里被意译为牛膝草、甘牛至或香花薄荷，它气味甘美，在地中海地区一度是常见的调味香料。莎学家们曾认为所谓马郁兰偷"你"的头发，是指它蜷曲多丝的花蕊形似俊美青年的鬈发。但我还是同意以文德勒为代表的第二种看法，认为被偷走的是"你"头发中的甜香。[1] 唯有如此，第一、第二节中被偷的事物才能形成"香味，颜色；颜色，香味"的交叉对称（symmetrical chiasmus）：紫罗兰先偷香再偷色，百合偷色，马郁兰偷香。对于莎士比亚这样的结构大师，说这种安排顺序是有意识的匠心独运绝非过度阐释。

更何况还有第三节四行诗的呼应。在第三节中，出现了一朵因为偷窃了"你"的红色而羞愧到满颊飞红的红玫瑰，又出现了一朵因为偷了"你"的白色而绝望到面色苍白的白玫瑰。这两种玫瑰的偷盗行为给各自带去了不同的"心理效应"，使得它们被染上了一红一白两种不同的颜色："红色"和"白色"在这里既是原因又是结果，是起点又是终点，而这一切都在一行诗中记录（One blushing shame, another white despair）——即使以莎士比亚的标准来看，也可谓罕见的绝妙手笔。红玫瑰和白玫瑰各自仅仅偷了一种颜色，就"立在刺上吓得瑟瑟发抖"（The roses fearfully on thorns did stand），但它们的罪过还不及第三种玫瑰：一朵"不红也不白"的玫瑰。它不仅同时偷取了红和白两种颜色，还偷取了第三样东西，即"你"甜美的呼吸，和之前的紫罗兰与马郁兰一样。紫罗兰偷了香味和一种颜色，马郁兰只偷了香味，百合只偷了一种颜色，就像红玫瑰和白玫瑰一样，没有偷香。如此一来，就使得这第三朵"不红也不

1 Helen Vendler, *The Art of Shake-speare's Sonnets*, pp. 422–23.

白"的玫瑰成了所有植物中最贪心骄傲者，因此唯独它落得一个凄惨的结局也就不足为奇了：毛虫仿佛要为被偷盗的"你"报仇，啃死了这朵偷了三样东西的玫瑰（But, for his theft, in pride of all his growth /A vengeful canker eat him up to death）。

我们已在第98首商籁中解析过红白玫瑰的政治背景——双色的"都铎玫瑰"是金雀花王朝两大家族纹章合并的结果——也许是为了防止被过分政治解读而引祸上身，莎士比亚在这里描写红白玫瑰时没有说"既红又白的玫瑰"（a rose both red and white），而用了否定式"不红也不白"（nor red nor white）。作为熟悉上下文的读者，我们会了解诗人在这里的实际意思是"不全红也不全白"，即红白相间，甚至是红白掺杂而成为粉色。实际上，都铎时期英国培育价值最高的玫瑰品种之一"大马士革玫瑰"（rosa damascena）恰恰常是深粉色的，由通常为红色的高卢玫瑰（rosa gallica）和通常为白色的麝香玫瑰（rosa moschata）杂交而来。在凡尔赛宫的御用玫瑰画师雷杜德（Pierre-Joseph Redouté）笔下，大马士革玫瑰甚至直接呈现同株异色、半红半白的形态。莎士比亚在献给"黑夫人"的系列十四行诗中（商籁第130首）曾点名这种玫瑰："我见过大马士革玫瑰，红的和白的 / 红白相间……"（I have seen roses damask'd, red and white …）

全诗的对句没有出现我们预期中的升华或转折，或提出任何对前三节中描述的困境的解决，只是总结道："我"见过的所有花朵，都从"你"那里偷了东西，不是芬芳就是 色 泽（More flowers I noted, yet I none could see, /But sweet, or colour it had stol'n from thee）。这首构思精巧的博物诗开始于也终结于对俊美青年的全面礼赞，不能不说欠缺了一点奇情的况味。

雷杜德所绘"不红也不白"的大马士革玫瑰

你在哪儿呵，缪斯，竟长久忘记了
把你全部力量的源泉来描述？
你可曾在俗歌滥调里把热情浪费了，
让文采失色，借光给渺小的题目？

回来吧。健忘的缪斯，立刻回来用
高贵的韵律去赎回空度的时日；
向那只耳朵歌唱吧——那耳朵敬重
你的曲调，给了你技巧和题旨。

起来，懒缪斯，看看我爱人的甜脸吧，
看时光有没有在那儿刻上皱纹；
假如有，你就写嘲笑衰老的诗篇吧，
教时光的抢劫行为到处被看轻。

　　快给我爱人扬名，比时光消耗
　　生命更快，你就能挡住那镰刀。

Where art thou Muse that thou forget'st so long,
To speak of that which gives thee all thy might?
Spend'st thou thy fury on some worthless song,
Darkening thy power to lend base subjects light?

Return forgetful Muse, and straight redeem,
In gentle numbers time so idly spent;
Sing to the ear that doth thy lays esteem
And gives thy pen both skill and argument.

Rise, resty Muse, my love's sweet face survey,
If Time have any wrinkle graven there;
If any, be a satire to decay,
And make time's spoils despised every where.

　　Give my love fame faster than Time wastes life,
　　So thou prevent'st his scythe and crooked knife.

从第100首开始的四首商籁构成一组"缪斯内嵌诗"，诗人在其中承认，自己为俊友写诗的事业出现了中断期，他将这种中断归罪于缪斯的"健忘""懒惰""玩忽职守"和"贫乏"。这种指责当然可以只被看作一种诙谐的外在修辞，却也是通往理解两人关系中发生的微妙转变的钥匙。

维吉尔在《农事诗》(Georgics) 第475行以下自称为"缪斯的祭司"，在他笔下，缪斯所掌管的远远不止诗歌，还包括哲学、音乐、数学、自然史、气象学……差不多上天入地的一切物理或精神层面的问题，都可以向缪斯女神寻求答案：

> 无上而温柔的缪斯，我是你们的祭司
> 你们深沉而炽热的爱令我如痴如狂。
> 请你们拥抱我，为我指引何处是天国？
> 是繁星？何处有日出日落，月圆月缺？
> 请告诉我，地震从何而来？是何种力量
> 让大海时而风浪大作，时而风平浪静？
> 为什么冬季的太阳急着跳进大海？
> 是什么把夜晚缓慢的脚步拖住？
> 如果冰冷的血液冻住了我的心脏，
> 让我无法揭示这些自然的奥秘，请让
> 乡村和山谷里的溪流为我带来欢乐，

请让我爱上潺潺的流水和幽幽的森林……[1]

比起古罗马诗人对缪斯毕恭毕敬的谦卑态度，莎士比亚十四行诗系列中的缪斯不过是他笔下的又一名"戏剧人物"，诗人能够以第一人称"我"与之对话，甚至让缪斯女神做自己的替罪羊。商籁第 100 首以及之后的三首商籁，主要写诗人在为俊美青年写赞歌的过程中，遭遇了一次原因不明的"写作瓶颈"（writer's block），而此前他始终下笔如泉涌。于是诗人以一种半戏谑的口吻，将全部的责任推给了缪斯，说自己的灵感枯竭都是由于缪斯的"健忘"：

Where art thou Muse that thou forget'st so long,
To speak of that which gives thee all thy might?
Spend'st thou thy fury on some worthless song,
Darkening thy power to lend base subjects light?
你在哪儿呵，缪斯，竟长久忘记了
把你全部力量的源泉来描述？
你可曾在俗歌滥调里把热情浪费了，
让文采失色，借光给渺小的题目？

第 3 行中的"fury"本非"狂怒"或"复仇"，而是"诗歌灵感"的更激情澎湃的说法，来自拉丁文词组 *furor poe-*

974

1 恩斯特·R. 库尔提乌斯，《欧洲文学与拉丁中世纪》，第 301 页。

ticus（诗狂）。这种 fury 被看作一种类似通灵者在天启中感受到的灵感和狂喜，莎士比亚也曾用另一个通常表示愤怒的词 "rage" 来指代诗歌灵感，比如在商籁第 17 首第 11—12 行中，"你应得的赞扬被称作诗人的狂思，/ 称作一篇过甚其词的古韵文"（And your true rights be term'd a poet's rage/And stretched metre of an antique song）。

而商籁第 100 首第 3 行中的 worthless songs 可以指其他诗人的作品（如果此处的缪斯是一个普天下作者共享的灵感提供者），也可以指莎士比亚自己在十四行诗系列外的任何作品，包括戏剧和叙事长诗（如果此诗中的缪斯是莎士比亚自己的 "专属缪斯"）。毕竟，诗人在此诗中强调的是自己很久没给爱人写诗，而根据他惯有的修辞，一个恋爱中的人不是献给爱人的任何作品都是 "没有价值的歌"（worthless songs）或 "卑贱的主题"（base subjects）。由于缪斯转而去 "借光"（lend … light）给了其他作品，诗人也就能把自己的沉默 "转嫁" 给缪斯，并在下一节中顺理成章地呼唤 "健忘的缪斯" 回归，重新眷顾眼下的十四行诗系列，"赎回 / 弥补" 之前 "懒散度过的时光"：

Return forgetful Muse, and straight redeem,

In gentle numbers time so idly spent;

Sing to the ear that doth thy lays esteem

And gives thy pen both skill and argument.

回来吧。健忘的缪斯，立刻回来用

高贵的韵律去赎回空度的时日；

向那只耳朵歌唱吧——那耳朵敬重

你的曲调，给了你技巧和题旨。

第三节进一步把缪斯描写成一个躺倒休息的懒汉，敦促其"起来"（Rise）。Rise 一词也是《新约》语境中基督敦促已经死去的拉撒路复活时使用的动词。

Rise, resty Muse, my love's sweet face survey,

If Time have any wrinkle graven there;

If any, be a satire to decay,

And make time's spoils despised every where.

起来，懒缪斯，看看我爱人的甜脸吧，

看时光有没有在那儿刻上皱纹；

假如有，你就写嘲笑衰老的诗篇吧，

教时光的抢劫行为到处被看轻。

在莎士比亚的全部作品中，用形容词 resty 来表示"懒惰、倦怠、不愿行动"，除了此处，就只在《辛白林》（*Cymbeline*）第三幕第六场中出现过，"疲倦的旅人能够在坚硬的山石上沉沉鼾睡，终日偃卧的懒汉却嫌绒毛的枕头太硬”（… weariness/Can snore upon the flint, when resty sloth /Finds the down pillow hard）。我们可以看到莎士比亚在本诗第三节中以一种近乎亵神的口吻，责令懒散的缪斯起身，去行动，更确切地说是去战斗，对手是惜时诗系列中的老敌人：时间。时间再次化身为摧毁青春与美的恶霸，手持与死神共享的“镰刀”，以及专门用来在青年脸上刻下皱纹的“弯刀”，就像对句中描述的：

Give my love fame faster than Time wastes life,

So thou prevent'st his scythe and crooked knife.

快给我爱人扬名，比时光消耗

生命更快，你就能挡住那镰刀。

诗人要求缪斯去战斗的方式，是请缪斯像从前一样给他带去诗歌的灵感，好让他为俊友继续写下不朽的诗篇，这些诗篇要在时间摧毁俊友的生命之前，抢先一步令他的声名不朽，这是典型元诗的主题。此诗的特殊之处在于诗人请求缪斯成为——或者是帮助他写下的作品成为——“对衰朽的讽刺”（be a satire to decay）。在古典传统中，讽刺诗并不具有一位专属缪斯，管辖领域与讽刺诗最接近的或许是专司喜剧的缪斯塔丽雅（Thalia）。文艺复兴时期的英国读者最熟悉的讽刺诗人依然来自古典文学，主要是贺拉斯和尤维纳尔这两位。不过，莎士比亚在本诗末尾并不是呼吁缪斯激发他去写讽刺诗，而是激发他写出更好的献给俊友的十四行诗，以此成为对时光及其摧枯拉朽之力的有力讽刺或嘲弄。

关于"缪斯抛弃了诗歌"这一主题，我们在晚期浪漫主义诗人布莱克那里可以找到一则动人的例子。当然，除却主题之外，布莱克的这首《致缪斯》与莎士比亚商籁第100 首具有截然不同的基调：

To the Muses

William Blake

Whether on Ida's shady brow,

Or in the chambers of the East,

The chambers of the sun, that now

From ancient melody have ceas'd;

Whether in Heav'n ye wander fair,

Or the green corners of the earth,

Or the blue regions of the air,

Where the melodious winds have birth;

Whether on crystal rocks ye rove,

Beneath the bosom of the sea

Wand'ring in many a coral grove,

Fair Nine, forsaking Poetry!

How have you left the ancient love

That bards of old enjoy'd in you!

The languid strings do scarcely move!

The sound is forc'd, the notes are few!

致缪斯

威廉·布莱克

无论是在艾达荫翳的山顶，

或是在那东方的宫殿——

呵，太阳的宫殿，到如今

古代的乐音已不再听见；

无论是在你们漫游的天庭，

或是在大地青绿的一隅，

或是蔚蓝的磅礴气层——

吟唱的风就在那儿凝聚；

无论是在晶体的山石，
或是在海心底里漫游，
九位女神呵，遗弃了诗，
尽自在珊瑚林中行走；

何以舍弃了古老的爱情？
古歌者爱你们正为了它！
那脆弱的琴弦难于动人，
调子不但艰涩，而且贫乏！

（穆旦 译）

阅读手卷的缪斯，比欧提亚地区红绘油瓶，
公元前 5 世纪

逃学的缪斯呵，对浸染着美的真，
你太怠慢了，你用什么来补救？
真和美都依赖着我的爱人；
你也要靠他才会有文采风流。

回答呵，缪斯；也许你会这样说，
"真，有它的本色，不用彩饰，
美，真正的美，也不用着色；
不经过加工，极致仍然是极致？"

因为他不需要赞美，你就不开口？
别这样代沉默辩护；你有职责
使他长久生活在金墓变灰后，
使他永远受后代的赞美和讴歌。

　　担当重任吧，缪斯；我教你怎样
　　使他在万代后跟现在一样辉煌。

"旷工的缪斯"
元诗

O truant Muse what shall be thy amends
For thy neglect of truth in beauty dy'd?
Both truth and beauty on my love depends;
So dost thou too, and therein dignified.

Make answer Muse: wilt thou not haply say,
'Truth needs no colour, with his colour fix'd;
Beauty no pencil, beauty's truth to lay;
But best is best, if never intermix'd'?

Because he needs no praise, wilt thou be dumb?
Excuse not silence so, for't lies in thee
To make him much outlive a gilded tomb
And to be prais'd of ages yet to be.

  Then do thy office, Muse; I teach thee how
  To make him seem long hence as he shows now.

弗朗茨·屈蒙（Franz Cumont）在出版于1942年的《关于罗马人墓葬之象征主义的研究》（*Recherches sur le symbolism funéraire des Romains*）中，论述了缪斯在求知中的作用——恰恰因为她们是记忆女神的女儿，她们的天命就包括"唤醒记忆"，促使人类的理性想起它前世知晓却在今生遗忘的真理："维护天界和谐的缪斯姐妹用音乐，唤起人类心灵中对神之旋律的渴望，对天国的怀想。与此同时，记忆女神摩涅莫辛涅的女儿们，使理性想起它前世时已知的真理。她们向理性传授永恒的誓言——智慧。有了她们的帮助，思想登上苍穹的顶峰，获知自然的奥秘，领悟群星的演化。它离开此世的呵护，来到观念与美的世界，并摆脱物欲的侵袭。当那些为女神尽职尽责并为此涤清罪恶的人死了，女神会把他们的灵魂升入天界，招至身边，使其尽享神明的美好生活。"[1]

缪斯本当担任人类记忆的守护者和唤醒者，帮助人类通过求知来获得永生，而莎士比亚却在商籁第100首和第101首中，说缪斯本人站到了记忆的反面，成了健忘和疏忽的偷懒者。继商籁第100首中"健忘的缪斯"（forgetful Muse）后，第101首开篇又出现了"逃学的/旷工的缪斯"（truant Muse）这一形象。truant 一般用来形容顽童逃学旷课（如在词组 play truant 中），缪斯的旷工则构成对真理的疏忽，而对"真"的疏忽又伴随着对"为真理上色"的

1 恩斯特·R.库尔提乌斯，《欧洲文学与拉丁中世纪》，第307—308页。

"美"的疏忽，缺席的缪斯就这样犯下了双重的懈怠之罪：

O truant Muse what shall be thy amends

For thy neglect of truth in beauty dy'd?

Both truth and beauty on my love depends;

So dost thou too, and therein dignified.

逃学的缪斯呵，对浸染着美的真，

你太怠慢了，你用什么来补救？

真和美都依赖着我的爱人；

你也要靠他才会有文采风流。

    诗人说，真和美都取决于"我的爱人"（my love），换言之，真与美是否能在人世留存，取决于"我"能否在缪斯的滋养下写出与爱人的优秀匹配的诗歌。通过这种不动声色的转换，诗人将保存真与美的重担转嫁到了缪斯身上：继续启发"我"写关于爱人的诗吧，如此一来，缪斯"你"自己（本诗中缪斯通篇作为第二人称直接对话者被呼唤）也可以借着"你"所滋养的作品得到荣耀。所以，缪斯啊，"我"不是在用"我"和"我的爱人"之间的私事来麻烦"你"，而是这件事本身就与"你"休戚相关：

Make answer Muse: wilt thou not haply say,

'Truth needs no colour, with his colour fix'd;

Beauty no pencil, beauty's truth to lay;

But best is best, if never intermix'd'?

回答呵，缪斯；也许你会这样说，

"真，有它的本色，不用彩饰，

美，真正的美，也不用着色；

不经过加工，极致仍然是极致?"

第二节中诗人敦促缪斯出声回答，却先将话语放入缪斯口中，替后者假想了一个符合"旷工的缪斯"不负责任的人设的回答。此节写出了缪斯对第一节诗中指责的可能的回应：真不需要用色彩装饰，美也不需要彩笔去描绘（第7行中的 pencil 不是指现代的铅笔——16世纪时铅笔尚未发明——而是指蘸取颜料的小画刷），最好的事物不需要缪斯画蛇添足。诗人随即在第三节中对由他虚构的缪斯的自我辩护作出了反驳：

Because he needs no praise, wilt thou be dumb?

Excuse not silence so, for't lies in thee

To make him much outlive a gilded tomb

And to be prais'd of ages yet to be.

因为他不需要赞美，你就不开口?

别这样代沉默辩护；你有职责

使他长久生活在金墓变灰后，

使他永远受后代的赞美和讴歌。

难道因为俊美青年的完美不需要额外赞美，"你"就真的不去赞美了吗? 作为缪斯，"你"没有权利保持沉默，因为让"他"这一真与美的化身永远被后世赞美，永远"比镀金的坟墓更长寿"，这是"你"的天职。换言之，诗人自命为缪斯和俊友之间的中介，若获得缪斯的加持，自己就能写出永生的诗章，而这诗章能使其俊友永生。此诗再次呼应了始于商籁第 18 首的元诗主题："只要人类在呼吸，眼睛看得见，/ 我这诗就活着，使你的生命绵延。"（So long as men can breathe, or eyes can see, /So long lives this, and this gives life to thee.）

在商籁第 101 首的对句中，莎士比亚写出了古往今来描述诗人与其缪斯关系的诗句中最近似僭越的一行："缪斯，让我来教你。"不再是如古典诗人们那般谦卑或至少表面谦卑地祈求缪斯的教导，像维吉尔那样自称为"缪斯的祭司"，而直接自命为缪斯的教师。仿佛光是督促这位玩忽职守的"逃学者 / 旷工者"去恪守职责还不够，诗人干脆置换了自己和缪斯的关系："我"来教，"你"（缪斯）去做。

Then do thy office, Muse; I teach thee how

To make him seem long hence as he shows now.

担当重任吧，缪斯；我教你怎样

使他在万代后跟现在一样辉煌。

《密涅瓦拜访缪斯们》，老巴伦（Hendrck van Balen the Elder）等人，17 世纪早期

我的爱加强了，虽然看来弱了些；
我没减少爱，虽然少了些表达；
除非把爱当商品，那卖主才力竭
声嘶地把爱的价值告遍人家。

我只在春季，我们初恋的时候，
才惯于用歌儿来迎接我们的爱情；
像夜莺只是讴唱在夏天的开头，
到了成熟的日子就不再歌吟：

并不是如今的夏天比不上她用
哀诗来催眠长夜的时候愉快，
是狂欢教每根树枝负担过重，
优美变成了凡俗就不再可爱。

　　所以，我有时就学她把嗓子收起，
　　因为我不愿老是唱得你发腻。

夜莺
博物诗

My love is strengthen'd, though more weak in seeming;

I love not less, though less the show appear;

That love is merchandiz'd, whose rich esteeming,

The owner's tongue doth publish every where.

Our love was new, and then but in the spring,

When I was wont to greet it with my lays;

As Philomel in summer's front doth sing,

And stops her pipe in growth of riper days:

Not that the summer is less pleasant now

Than when her mournful hymns did hush the night,

But that wild music burthens every bough,

And sweets grown common lose their dear delight.

Therefore like her, I sometime hold my tongue:

Because I would not dull you with my song.

商籁第 102 首属于第 100—103 首这组小型内嵌诗。前后的三首元诗中都出现了丰富多变的缪斯形象，本诗中出现的却是一种缪斯的替身，也是莎士比亚全部作品中最重要的鸟类之一——夜莺。16 世纪意大利诗人特奥费罗·福伦戈（Teofilo Folengo）在其滑稽史诗（epic parody）《英雄巴多》（*Baldus*, 1517）中，用"混合拉丁文"（macaronic Latin）表达了自己对缪斯（连带着对缪斯的引领者阿波罗）的蔑视：

> 我看不上墨尔波墨涅，看不上傻瓜塔丽雅，
>
> 也看不上用里拉琴吟唱我的诗作的福波斯；
>
> 因为但给我说起自己的胆识和胃口，
>
> 帕纳索斯的诸神就变得一筹莫展……[1]

如同我们在商籁第 100、101 和 103 首中看到的那样，莎士比亚对赫西俄德－荷马式缪斯的态度也绝对谈不上恭敬，时常让她们为自己的写作瓶颈背锅。在商籁第 102 首中，缪斯的形象让位于莎士比亚最偏爱的一种歌禽：夜莺菲洛墨拉。菲洛墨拉的故事最著名的版本见于奥维德的《变形记》：菲洛墨拉的姐夫色雷斯国王忒柔斯护送菲洛墨拉来与姐姐普罗克涅相聚，却在途中强奸了菲洛墨拉，又割掉了她的舌头，菲洛墨拉把自己的惨状织成手帕图案向

1 恩斯特·R. 库尔提乌斯，《欧洲文学与拉丁中世纪》，第 318 页，译文细部有调整。

姐姐普罗克涅报信。后者得知妹妹的遭遇后气极，不惜杀死自己和忒柔斯的孩子向忒柔斯报仇，然后带菲洛墨拉逃跑。忒柔斯发觉真相后暴怒，拼命追赶两人。两姐妹在绝望中向神祈祷，最终天神把他们三人都变成了鸟。盖基在《莎士比亚的鸟》中将莎翁作品中的夜莺分为两类："其中一类……不是来自诗人对这种鸟的亲身体验，而是基于遥远古代流传下来的对其歌声的传奇性诠释。另一类，夜莺回归其作为英国常见鸣鸟的自然属性。"[1] 莎士比亚在《配乐杂诗》第六首中描写的夜莺明显属于第一类：

　　花草在萌芽，树木在生长；

　　万物驱走了一切悲哀，

　　只有夜莺是唯一的例外。

　　可怜的鸟儿孤苦伶仃，

　　她把胸膛向荆棘靠紧，

　　她的歌声是那么可怜，

　　听着真叫人觉得凄惨。

　　"去去，去！"她这样叫喊，

　　"忒柔，忒柔！"一遍又一遍；

　　这歌声倾诉着她的哀怨，

　　听得我不禁泪水涟涟；

　　因为她那深深的哀怨，

1 阿奇博尔德·盖基，《莎士比亚的鸟》，第 183 页。

2 威廉·莎士比亚，《莎士比亚叙事诗·抒情诗·戏剧》，第 206—207 页。

令我想起自己的命运。

（屠岸 译）[2]

　　莎剧中则有不少书写夜莺自然属性的例子，譬如《维洛那二绅士》（*Two Gentlemen of Verona*）第三幕第一场中："除非夜间有西尔维娅陪着我，夜莺的歌唱只是不入耳的噪音。"（Except I be by Silvia in the night, There is no music in the nightingale, l. 178）又如《威尼斯商人》第五幕第一场中，鲍西亚告诉尼丽莎，即使是夜莺的歌喉，也必须在特定的情境聆听才会婉转动人："要是夜莺在白天嘈杂聒噪里歌唱，人家绝不以为它比鹪鹩唱得更美。多少事情因为逢到有利的环境，才能达到尽善的境界，博得一声恰当的赞赏。"

　　商籁第102首中，诗人虽然用夜莺在希腊神话中的名字菲洛墨拉称呼这种鸟，但主要是诉诸其自然属性，来建立自己作为一名写情诗的"歌者"与夜莺之间的关联。初夏时分（in summer's front）夜莺彻夜清啭，到了"更成熟的日子"，即盛夏（in growth of riper days），则停止歌唱。并非盛夏不如初夏令人喜悦，而是因为再甜美的事物若重复太甚，也会造成审美疲劳：

Our love was new, and then but in the spring,

When I was wont to greet it with my lays;

As Philomel in summer's front doth sing,

And stops her pipe in growth of riper days:

我只在春季，我们初恋的时候，

才惯于用歌儿来迎接我们的爱情；

像夜莺只是讴唱在夏天的开头，

到了成熟的日子就不再歌吟：

Not that the summer is less pleasant now

Than when her mournful hymns did hush the night,

But that wild music burthens every bough,

And sweets grown common lose their dear delight.

并不是如今的夏天比不上她用

哀诗来催眠长夜的时候愉快，

是狂欢教每根树枝负担过重，

优美变成了凡俗就不再可爱。

以上第二、第三节是诗人对第一节中"我的爱加强了，虽然看来更弱；我的爱并未减少，虽然表面看起来少了"的解释。对句中，诗人自比夜莺，说自己时不时在沉默中遏止自己的歌喉，是为了不让爱人听到烦闷："所以，我有时就学她把嗓子收起，/ 因为我不愿老是唱得你发腻。"

（Therefore like her, I sometime hold my tongue: /Because I would not dull you with my song.）这也呼应了本诗的核心论证：少即是多（less is more）。"我"的爱并不因为表白减少而减少，表白减少反而是其深沉而谨慎的表征。这种小心翼翼的爱的反面，是第一节中就出现的"被出卖作商品的爱"，此处，我们似乎依然看见对手诗人序列诗的影子，那"到处出版（自己情诗）"的人并非真正的爱人。商籁第102首是一首"颠倒的十四行诗"，真正总结性、挑明论点的对句可以说一早就出现在第3—4行中，其余的部分才是倒叙的论证：

That love is merchandiz'd, whose rich esteeming,
The owner's tongue doth publish every where.
除非把爱当商品，那卖主才力竭
声嘶地把爱的价值告遍人家。

　　莎士比亚的夜莺诗在浪漫主义时期最杰出的继承人是约翰·济慈。济慈的《夜莺颂》（Ode to a Nightingale）被 F.S. 菲茨杰拉德誉为有史以来用英语写下的最美的八首诗之一。在《夜莺颂》的第一、第二节中，夜莺是夏夜终宵歌唱的林中仙子，与赫利孔山上的缪斯神泉（Hippocrene）紧密相连，是诗人渴望追随而遁入深林的诗神之鸟：

'Tis not through envy of thy happy lot,

But being too happy in thine happiness, —

That thou, light-winged Dryad of the trees

In some melodious plot

Of beechen green, and shadows numberless,

Singest of summer in full-throated ease.

...

O for a beaker full of the warm South,

Full of the true, the blushful Hippocrene,

With beaded bubbles winking at the brim,

And purple-stained mouth;

That I might drink, and leave the world unseen,

And with thee fade away into the forest dim

并不是嫉妒你那幸福的命运，

是你的欢乐使我过分地欣喜——

想到你呀，轻翼的林中天仙，

你让悠扬的乐音

充盈在山毛榉的一片葱茏和浓荫里，

你放开嗓门，尽情地歌唱着夏天。

......

来一大杯吧，盛满了南方的温满，

盛满了诗神的泉水，鲜红，清冽，

还有泡沫在杯沿闪烁如珍珠，

把杯口也染成紫色；

我要痛饮呵，再悄悄离开这世界，

同你一起隐入那幽深的林木

（屠岸　译）

夜莺,《自然之花》(*Der Naturen Bloeme*),
14世纪荷兰手稿

唉，我的缪斯有的是用武之地，
可是她拿出的却是怎样的贫乏！
那主题，在全然本色的时候要比
加上了我的赞美后价值更大。

假如我不能再写作，你别责备我！
朝镜子看吧，那儿有脸儿出现，
那脸儿大大胜过我愚拙的诗作，
使我的诗句失色，尽丢我的脸。

那么，去把原来是好好的主题
拼命补缀，毁坏，不就是犯罪？
我的诗本来就没有其他目的，
除了来述说你的天赋，你的美；

　　比之于我的诗中的一切描摹，
　　镜子给你看到的东西多得多。

"贫乏的缪斯"
元诗

Alack! what poverty my Muse brings forth,

That having such a scope to show her pride,

The argument, all bare, is of more worth

Than when it hath my added praise beside!

O! blame me not, if I no more can write!

Look in your glass, and there appears a face

That over-goes my blunt invention quite,

Dulling my lines, and doing me disgrace.

Were it not sinful then, striving to mend,

To mar the subject that before was well?

For to no other pass my verses tend

Than of your graces and your gifts to tell;

And more, much more, than in my verse can sit,

Your own glass shows you when you look in it.

在商籁第 103 首中，诗人与他的缪斯终于合二为一，也就是说，诗人的灵感和技艺终于"心手合一"，但这种合力的结果依然不足以忠实刻画俊友的美好。本诗如商籁第 85 首一样，是对"佯装谦虚"和"哑口无言"修辞传统的延续。

比莎士比亚晚两代人出生的约翰·弥尔顿（John Milton）在《失乐园》（*Paradise Lost*）第七卷中呼唤掌管天文的缪斯乌拉尼亚，但却强行将她从九位古典缪斯的队列中剥离出来，将她乔装成一名基督教化的新缪斯：

乌拉尼亚啊，从天上降临吧！
如果您的名号没有叫错的话，
我将随着您神圣的声音，
比天马柏伽索的翅膀飞得
更高，超越俄林波斯山。
我呼吁的是意义，不是名号。
您不属于九位缪斯，也不住在
老俄林波斯山上，而是天生的，
在群山出现，泉水喷涌以前，
您就和永恒的"智慧"交游，
智慧是您的姊妹，您曾在
全能的天赋面前和她嘻嘻，

天父爱听您的绝妙歌词

（第1—12行，朱唯之 译）

弥尔顿说，当他称呼缪斯之名，他"呼吁的是意义，不是名号"。这说法同样适合于莎士比亚的商籁第103首。本诗开篇伊始，诗人就明确指出，第一行开始出现的缪斯不是赫利孔山上某位具体缪斯的名字，而就是诗歌灵感本身。当他说自己的缪斯带来贫之（what poverty my Muse brings forth），诗人是在古老的"佯装谦虚"（affected modesty）修辞传统中写作——贬低自己的天赋，说自己书写的主题（俊美青年）虽然如此珍贵，自己的拙笔却无法为之增色半分：

Alack! what poverty my Muse brings forth,

That having such a scope to show her pride,

The argument, all bare, is of more worth

Than when it hath my added praise beside!

唉，我的缪斯有的是用武之地，

可是她拿出的却是怎样的贫乏！

那主题，在全然本色的时候要比

加上了我的赞美后价值更大。

奥维德在《爱经·恋情集》开篇让缪斯女神们指责小爱神丘比特，说后者僭越了自己和阿波罗的领地，把诗人的创作从六音步的史诗带到五音步的情诗去："你这残酷的小精灵，谁给你这个权利，乱动我的诗篇？我们是庇亚利德斯的女神，不属于你那一伙。如果维纳斯夺去金发密涅瓦的武器，如果密涅瓦迎风挥动燃烧着的火炬，大家会怎么说呢？……当战神马尔斯抚弄阿奥尼的竖琴，又有谁以锐利的长矛去武装那满头秀发的福玻斯？你这小精灵拥有强大的王国，已经够厉害了。为什么还野心勃勃，寻求新的作业？难道整个宇宙都属于你吗？赫利孔山的坦佩山谷，难道也属于你？难道连福玻斯也几乎掌握不了自己的竖琴？"紧接着，小爱神朝奥维德射出致命之箭，告诉他："诗人，你的诗歌灵感就在于此！"后者很快接了这一事实，即爱情与他诗歌的主题并非不可调和，而他决定告别史诗，书写情诗："我的诗以六音步开篇，复又转到五音步去。别了，残酷的战争，战争的节律，别了！头上戴起海上香桃木的金色花环吧，缪斯！你的歌儿含有十一个音顿。"[1]

莎士比亚这组"缪斯内嵌诗"（商籁第100—103首）同时也是情诗，是诗人接受爱神强行进入诗神领地的结果。和奥维德不同，莎士比亚的抒情叙事者悲叹的主要原因，是自己的诗艺无法恰如其分地为爱慕的对象立传。在商籁第103首的第二节和第三节中，诗人祈求爱慕的对象不要

1 奥维德，《罗马爱经》，第7页。

怪罪自己的无能：并非诗人的"缪斯"不愿竭尽全力，而是要描摹的对象实在太过完美，使得他的诗行"变钝"，无法刻画的原型之美甚至会为尝试刻画者带去"耻辱"。

O! blame me not, if I no more can write!
Look in your glass, and there appears a face
That over-goes my blunt invention quite,
Dulling my lines, and doing me disgrace.
假如我不能再写作，你别责备我！
朝镜子看吧，那儿有脸儿出现，
那脸儿大大胜过我愚拙的诗作，
使我的诗句失色，尽丢我的脸。

在《爱经·爱的技巧》中，奥维德否认（赫西俄德－荷马传统中的）缪斯和缪斯带领者阿波罗对自己的诗艺的启发，而强调自己的歌来自亲身经验和实践："福玻斯啊，我不会谎称是你给了我灵感而写此诗；也不是鸟儿的歌声和飞翔给了我启发。阿斯克拉啊，我在你山谷放牧的时候，没有看见过克里俄及其姐妹。是我的经验使我创作这部作品，请听听一个受实践启发的诗人吧。我要歌唱的是真实，请帮助我实现自己的意图吧，爱神之母！"[1] 商籁第 103 首中，诗人同样声称，自己的主题（即俊美青年的美）来自现

1 奥维德，《罗马爱经》，第 112 页；亦可参见《爱经·女杰书简》，第 8 页。

实，以及现实中自己对这份美的基于经验的体认。这份现实中的审美经验远远超越了诗歌艺术能够捕捉的高度，即使有缪斯帮助也无济于事。写诗，对于记录"你的优雅和天赋"，是知其不可为而为之的绝望的劳动，甚至因为其注定失败而成为"有罪的"。

Were it not sinful then, striving to mend,
To mar the subject that before was well?
For to no other pass my verses tend
Than of your graces and your gifts to tell
那么，去把原来是好好的主题
拼命补缀，毁坏，不就是犯罪？
我的诗本来就没有其他目的，
除了来述说你的天赋，你的美

诗人及其缪斯都已尽其所能，在"你"这样丰沛完美的主题面前却始终只是"贫乏的"。本诗的行文逻辑，是通过展示叙事者对上述事实的接受，来从另一个角度赞颂爱人。诗中两度出现"镜子"（glass）意象：第二节中，镜中映出的"你"的倒影"远远超越我愚钝的发明"（over-goes my blunt invention）；到了对句中，镜子更是变成了映出无法超越的完美原型的工具，是比任何诗歌都更能如实反映美的介质。商籁第 103 首虽是一首元诗，其核心论证（诗艺的力所不逮）却是对十四行诗系列中诸多经典元诗的背离：

And more, much more, than in my verse can sit,

Your own glass shows you when you look in it.

比之于我的诗中的一切描摹，

镜子给你看到的东西多得多。

奥维德《爱经》(*Ars Amatoria*)，1644 年
德文印刷版封面

我看，美友呵，你永远不会老迈，
你现在还是那样美，跟最初我看见
你眼睛那时候一样。从见你以来，
我见过四季的周行：三个冷冬天

把三个盛夏从林子里吹落、摇光了；
三度阳春，都成了苍黄的秋季；
六月的骄阳，也已经三次烧光了
四月的花香：而你却始终鲜丽。

啊! 不过，美也会偷偷地溜走，
像指针在钟面瞒着人离开字码，
你的美，虽然我相信它留驻恒久，
也会瞒着我眼睛，慢慢地变化。

　　生怕这样，后代呵，请听这首诗：
　　你还没出世，美的夏天早谢世。

To me, fair friend, you never can be old,

For as you were when first your eye I ey'd,

Such seems your beauty still. Three winters cold,

Have from the forests shook three summers'pride,

Three beauteous springs to yellow autumn turn'd,

In process of the seasons have I seen,

Three April perfumes in three hot Junes burn'd,

Since first I saw you fresh, which yet are green.

Ah! yet doth beauty like a dial-hand,

Steal from his figure, and no pace perceiv'd;

So your sweet hue, which methinks still doth stand,

Hath motion, and mine eye may be deceiv'd:

    For fear of which, hear this thou age unbred:

    Ere you were born was beauty's summer dead.

商籁第 104 首讨论的是岁时流转与美之间的关系，与为元诗系列拉开序幕的、同样处理"时间与美"主题的商籁第 17 首(《准元诗惜时诗》)不同，本诗的核心论证是，时序无法改变俊友的美，至少在诗人眼中如此。但诗人也隐隐透露出担忧，即这种"不老"可能是情人眼中的假象。

本诗的整体逻辑结构是 8+6，前八行处理的是四季更迭、时序流转、万物变更，以及与之相对的，俊友外貌的"不变"(still)。开篇前两行概括了整个八行诗的主旨，"自从我第一次看到你的眼睛 / 俊美的朋友，你在我眼中就不曾(不会)变老"(To me, fair friend, you never can be old, /For as you were when first your eye I ey'd)。紧接着，第 3—8 行中密集出现了 5 个数字"三"：

Such seems your beauty still. Three winters cold,

Have from the forests shook three summers'pride,

你的美看起来毫无改变。三个严冬

已在森林中摇落三个夏天的荣光，

Three beauteous springs to yellow autumn turn'd,

In process of the seasons have I seen,

Three April perfumes in three hot Junes burn'd,

Since first I saw you fresh, which yet are green.

三个阳春已然化作深秋的枯黄。

时序使我目睹三个四月的精粹

被三个六月的炽热烧得精光。

可你还是如我们初见那般明媚

（包慧怡 译）

诗人看似反复强调，从自己第一次见到俊友以来已经过了三年，经历了三次的寒暑和春秋（一些评论者因此援引这首诗，作为十四行诗写作时间的判断依据）。其实，此处的数字三很可能只是诗歌中的惯用修辞，属于莎士比亚对古希腊罗马诗歌传统的直接或间接继承的一部分。比如贺拉斯就在《长短句集》（*Epodes*）第 11 首的第 5—6 行中写过：

hic tertius December ex quo destiti

Inachia furere, silvis honorem decutit.

自从我停止狂恋伊娜琪娅以来

十二月已三度摇落树林的荣光。

（包慧怡 译）

莎士比亚爱用四季的更替，以及天气从暖转寒对植物、动物和人类的影响，来暗示人类的普遍不幸。美好的事物无法永存，正如和煦明媚的春夏无法永驻，必将年复一年让位给严冬，这是一种人类堕落后的处境。这一点在《皆大欢喜》第二幕第一场中表述得最为直白：

Here feel we but the penalty of Adam,
The seasons'difference, as the icy fang
And churlish chiding of the winter's wind,
Which, when it bites and blows upon my body,
Even till I shrink with cold, I smile and say
'This is no flattery: these are counsellors
That feelingly persuade me what I am.' (ll.12–16)

我们在这儿所感觉到的，只是时序的改变，那是上帝加于亚当的惩罚；冬天的寒风张舞着冰雪的爪牙，发出暴声的呼啸，即使当它砭刺着我的身体，使我冷得发抖的时候，我也会微笑着说："这不是诌媚啊；它们就像是忠臣一样，谆谆提醒我所处的地位。"

《亨利六世·中篇》第二幕第四场中也有类似表述：

Thus sometimes hath the brightest day a cloud;
And after summer evermore succeeds

Barren winter, with his wrathful nipping cold:
So cares and joys abound, as seasons fleet. (ll. 2–5)

　　果然是爽朗的大晴天有时会蒙上一层乌云，在夏季以后不免要有朔风凛冽的严冬。像季节的飞逝一样，人生的哀乐也是变换不停的。

　　四季更迭象征着人事多变，悲愁与欢喜总是交替出现。有时，即使在通常象征"欢喜"的夏日中，也已经隐隐出现了冬日的愁苦的预兆。比如在商籁第18首第3—4行中，"狂风会吹落五月的娇花嫩瓣，／夏季出租的日期又未免太短"（Rough winds do shake the darling buds of May, /And summer's lease hath all too short a date）。此外，商籁第65首也刻画了夏日甜美中的脆弱：

O, how shall summer's honey breath hold out
Against the wreckful siege of battering days,
When rocks impregnable are not so stout,
Nor gates of steel so strong, but Time decays? (ll.5–8)
呵，夏天的香气怎能抵得住
多少个日子前来猛烈地围攻？
要知道，算顽石坚强，巉岩牢固，
钢门结实，都得被时间磨空！

商籁第104首更是通过五个"三度"，反复强调了四季更迭的不可避免。但时序流转的通常寓意"美好的事物无法长存"却并不适用于"你"的美："你"的美"长青"（which yet are green）——在第8行中作为多变的气候的反面出现。然而紧接着的第9行就开启了全诗长达六行的转折段，在第三节四行诗中，俊友容貌的"长青"被作为一种表象的幻觉否定了：

> Ah! yet doth beauty like a dial-hand,
> Steal from his figure, and no pace perceiv'd;
> So your sweet hue, which methinks still doth stand,
> Hath motion, and mine eye may be deceiv'd
> 啊! 不过，美也会偷偷地溜走，
> 像指针在钟面瞒着人离开字码，
> 你的美，虽然我相信它留驻恒久，
> 也会瞒着我眼睛，慢慢地变化。

　　时序的机械象征"日晷"的形象以它的一个零部件——指针（dial-hand）——出现，正如指针蹑手蹑脚的移动不易令人察觉，美也同样"偷偷行走"或（从美的形象中）"偷走"美（steal 一词的双关也是莎士比亚热爱使用的）。因此"你"的美好的容颜（sweet hue，"甜美的色泽"）也在"变化"（hath motion），只是"我"受骗的眼睛没有察觉。至此，诗中的"你"都指俊友，诗人维持着与爱人之间的缺席对话，虽然它们读起来更像诗人独处时的冥想和玄思。但到了对句中，被直接呼唤的第二人称"你"（thou）出乎意料地转变成了"尚未出生的世纪"（thou age unbred），也就是未来的时序。诗人声称，由于最美的人身上的美可能已经在偷偷消逝，所以在"尚未出生的世纪"诞生之前，"美的夏日"就已死去：

For fear of which, hear this thou age unbred:
Ere you were born was beauty's summer dead.
唯恐如此，尚未出生的世纪啊，请听：
先于你的诞生，美之夏日已溘然长逝。

（包慧怡 译）

对句中要求未来时代聆听的，究竟是预言还是诅咒？本诗始于寒与暑、青春与衰老的对比，终于"诞生"与"死亡"的对照，串起首尾的主题是"美"，这也是下一首商籁的主题之一。